“快递小哥”的逆行

本书编写组 编著

上海人民出版社

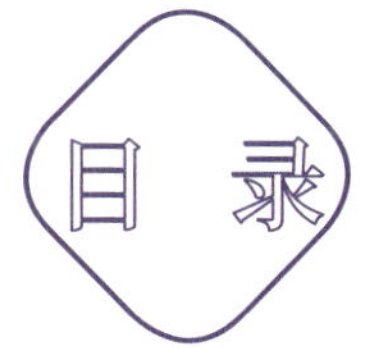

目 录

五 “感谢圆通，你们是好样的！”——各方点赞 139

六 “快递的速度，温暖的力量”——媒体聚焦 163

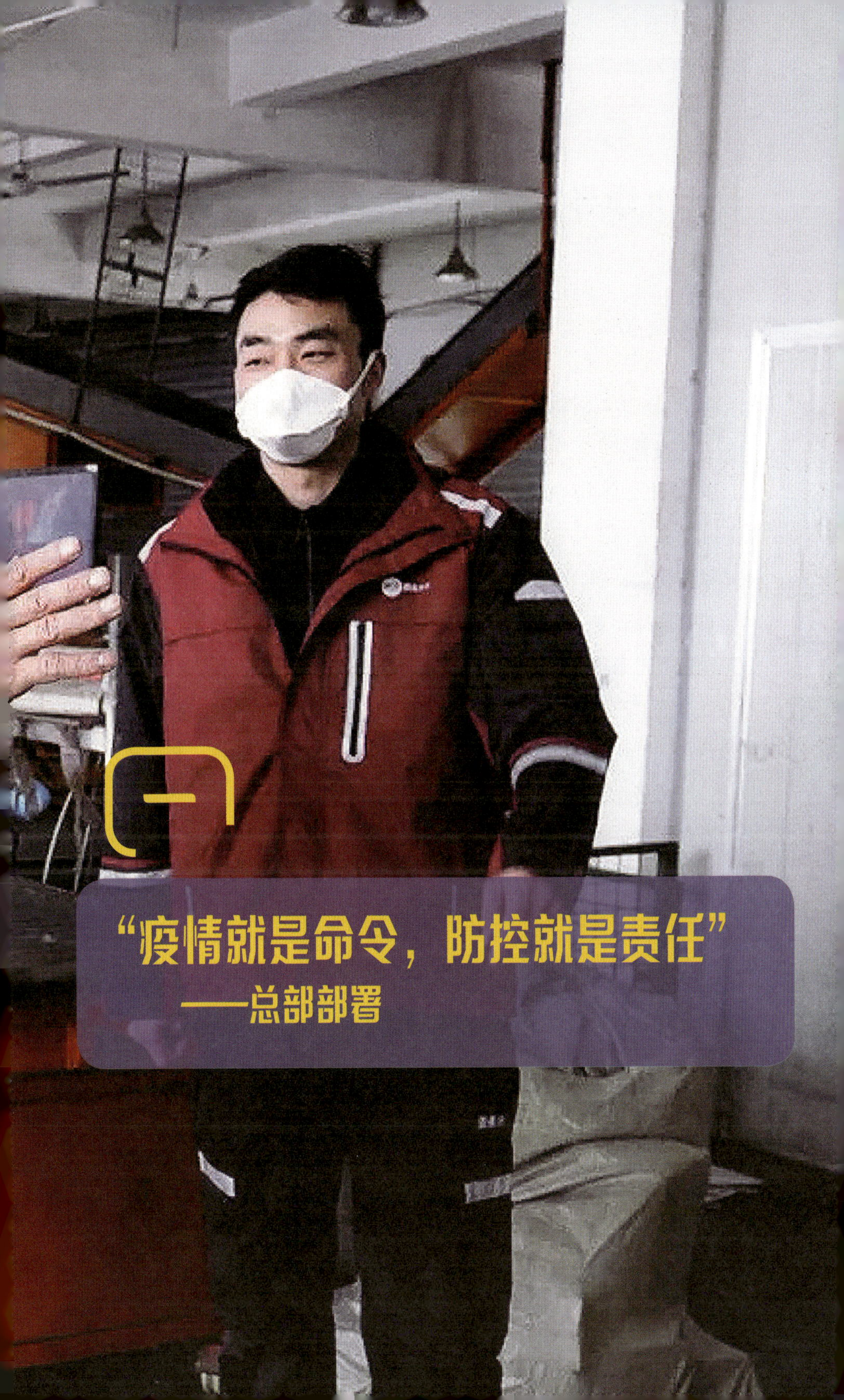
一
“疫情就是命令，防控就是责任”
——总部部署

（一）领导关怀

国家邮政局局长马军胜调研圆通网点

“防护物资准备得充足不充足？”“全网揽收、投递情况怎样？”“一线派送人员有多少？”“返岗员工怎么进行隔离？”……

2020 年 2 月 19 日下午，国家邮政局党组书记、局长马军胜赴北京圆通工体营业部、中通快递北京转运中心、韵达快递东直门分公司和北京市快递协会调研。每到一处，话题都离不开当前邮政业的两项重要工作：疫情防控和复工复产。

全程佩戴口罩、登记来访信息、配合测量体温……调研过程中，虽然处处遭遇“严密检查”，马军胜不但非常配合，还十分高兴地说：“就应该这么做。疫情当前，既没有特殊的人，也没有特殊的事，必须严守规定，严防死守。”

看到各个场所门口都摆着测温仪、消毒液、口罩、一次性手套等防护用品，尤其得知企业为购置这些用品动了不少脑筋、想了不少办法，甚至不远万里从海外采购时，马军胜很是赞赏：“对场所、车辆、快件进行消毒，既为员工着想，又对客户负责，还替社会分忧，这是企业该有的担当。”

“员工返岗率达到了多少？产能恢复情况怎么样？”得知有的企业员工返岗率达到 80%，部分企业产能已恢复到平常的 60%，马军胜很欣慰：“现在大部分人都在宅家状态，防疫物资、生活用品等不少是靠网购解决，通过寄递渠道送到家门口，邮政业的重要性得到充分凸显，老百姓盼望快递小哥的心情比以往任何时候都急切。越是百姓需要的时候，我们越要顶住压力，越要体现价值，全力保障民生供给。”

"返岗员工的隔离场所在哪里？是不是严格按照要求隔离 14 天？隔离期间，工资怎么发？"在得知返岗员工都有单独隔离场所，每日生活费用都有保障，各企业总部还拿出一定资金进行补贴时，马军胜叮嘱："既要保证他们的日常生活，还要保证他们的收入不受影响。带有考核性质的措施，这段时间可以缓一缓，给员工吃下一颗'定心丸'。对一线员工，就是要在工资待遇上有所体现。"

"这一箱是从海南寄过来的水果，再不送出去就要坏了。"在圆通工体营业部，马军胜顺手拿起一个积压件，很是担忧。受疫情影响，虽然网点和快递员都在想方设法派送，但因为一些收件人暂时无法返京，还是存在一定数量的积压。

"要尽快与客户取得联系，经他们同意后，该处理的处理，该退回的退回，该等的还可以继续等。"马军胜说，"以前是人等件，现在是件等人。以前总希望用户体谅我们，现在我们也要真的体谅用户。"

"末端现在遇到了难题。虽然车辆在城里可以通行，但人员无法进入小区，派件难度加大了不少。"调研过程中，圆通、中通、韵达均诉说了当前投递窘境。马军胜鼓励大家说："困难是暂时的。随着疫情的好转和小区管理改善，问题会得到解决。有的地方已经与社区合作，将快件统一投到小区存取点，通知客户自行领取。这种办法大大提高了投递效率，值得借鉴。"

"这个平台好，功能齐全，切合实际。"在北京市快递协会，马军胜饶有兴趣地浏览快递三轮车规范管理平台。随着手指在大屏幕上滑动，已经悬挂北京市新型快递车辆号牌的电动三轮车实时在线，车辆基本信息，告警、违章情况，投保情况以及驾驶员学习情况等一目了然。而且，系统还能对车辆运行轨迹进行实时追踪和既往回溯。"有了这个平台，电动三轮车的管理将更加规范。"马军胜称赞。

"疫情防控和复工复产，是行业当前的两件大事。说是两条战线，一点也不为过。”调研结束时，马军胜强调，“全行业一定要坚决贯彻习近平总书记重要指示精神和党中央国务院决策部署，全力打好疫情防控人民战争、总体战、阻击战。统筹做好疫情防控和复工复产工作，两线作战，务求完胜。”

调研期间，马军胜还听取了北京市邮政管理局、北京市快递协会关于疫情防控和复工复产情况汇报。

国家邮政局市场监管司、中国快递协会、北京市邮政管理局负责同志陪同调研。

来源：国家邮政局网站

河南省委书记王国生走访圆通漯河智慧物流产业园

3月4日，河南省委书记王国生到漯河检查疫情防控、复工复产、重点项目建设等工作，走访了圆通智慧物流产业园、双汇第二物流园等当地重点企业园区。

在圆通智慧物流产业园，王国生走进分拣车间，详细了解复工复产、物流运输等情况。王国生说，疫情给消费理念、商业模式带来了新变化，要及时把握发展大势、市场趋势，主动应变求变，在危机中挖掘新动能、寻找增长点。

王国生强调，无论是应对风险，还是发展经济，都要发挥主动性。应对风险主动，才能见事早、行动快，把握主动权；谋划工作主动，才能危中寻机、抢占先机，占领新的发展制高点。当前疫情防控依然不能放松，防止疫情反弹，不能一味被动防守，要主动查短板堵漏洞，筑牢疫情防控坚固防线。

来源：河南日报

浙江省省长袁家军
到圆通金华转运中心检查督导疫情防控和复工复产

2月20日,浙江省省长袁家军赴金华调研疫情防控和复工复产工作。他强调,疫情防控关乎生命,复工复产关乎生计。各地各部门要深入贯彻习近平总书记重要讲话精神,全面落实党中央、国务院和省委决策部署,按照分级分区精准防控的要求,在精密智控上持续发力、狠下功夫,运用好“一图一码一指数”,守护好厂区商区社区“小门”,切实保障复工复产安全有序高效,加快打通物流链、供应链、产业链、生态链,确保“两手硬”“两战赢”。

2月18日,义乌中国小商品城国际商贸城正式开市。袁家军来到世界小商品之都,详细了解“一人一码”核验进场的检查流程,走进店铺商家查看防控措施落实情况,对市场实行封闭式单元管理、制定“九宫格”防控措施的做法给予肯定。外商小安称赞义乌防控工作做得好,在义乌经商很放心,对未来充满信心。袁家军说,义乌是世界超市、购物天堂,国际商贸城人员密集、流动性大,防控工作绝不能心存侥幸、麻痹松懈,必须以慎之又慎、严之又严、细之又细的措施,扎紧精密智控网。要压实市场属地责任和经营户主体责任,用好“健康码”技术,强化网格化管理,让健康人便利行、重点人员可追溯,向世界展示疫情无忧、市场无患、商机无限的良好形象。

位于金义都市区的圆通速递和执御信息是快递物流和跨境电商的龙头企业。圆通速递负责人介绍,通过创新实施“驾驶员车上隔离”制度,极大提高了快递转运效率。袁家军为企业的防控“金点子”点赞。他指出,快递物流一头连着生活,一头连着生产,是保障生产生活的生命线。要尽快疏通城市物流配送的毛细血管,为市民正常生活、城市正常运行和企业正常经营提供有力支撑,借势做强、做优、做大快递经济。

永康是百工之乡、制造强县。袁家军点赞永康与云南镇雄两地“返岗直通车”的做法。他来到安胜科技、三锋实业两家企业，实地了解复工复产情况，与企业负责人一起探究破解用工难、原材料保障难的办法，并与来自云南镇雄的员工亲切交谈，叮嘱他们安心工作，保持“戴口罩、远距离、勤洗手、不集聚”的良好习惯。他强调，在毫不松懈做好疫情防控、坚决防止疫情反弹的同时，紧盯“企业复工率、复产率、与疫情图匹配率”，推动企业复工复产应复尽复，对做好“六稳”工作、完成全年目标任务至关重要。广大企业要打好防控工作主动仗，下好复工先手棋，千方百计在复产上下功夫，尽快把产能恢复到正常水平，把疫情影响降至最低。金华各级要想企业之所想、急企业之所急，因地制宜、担当有为，主动帮助企业尽快打通物流链，确保原料运得进、产品运得出；尽快打通供应链，一体推进原材料供应商、储运商、零售商、资金流同时恢复、同步畅通；尽快打通产业链，加快恢复与上下游配套企业的无缝对接，实现产能早释放、订单不流失、市场份额不下降；尽快打通生态链，省市县联动、政银企携手，深化“三服务”活动，量化细化破解用工难、资金难、产业协同难的政策举措，最大程度减少疫情对企业的冲击。

来源：浙江日报

国家邮政局副局长刘君一行调研北京圆通

3 月 4 日下午，国家邮政局党组成员、副局长刘君在北京调研快递业疫情防控和复产复工情况。在顺丰速运华北分拨中心和圆通速递华北分拨中心，刘君实地查看了企业疫情防控措施落实情况，对两家企业加大处理场所出入管理力度、建立体温监测台账、落实消毒通风措施、加强外地进京人员隔离观察等做法表示肯定，并详细询问了口罩等防护用品配发、员工住宿和食堂用餐管理等情况，叮嘱企业负责人一定要落实主体责任，堵塞工作漏洞。刘君十分关注企业复工复产情况，当得知两家企业业务量基本恢复到日常水平，他鼓励企业负责人继续抓住机遇、努力开拓市场，力争把疫情影响的损失弥补回来。

刘君强调，当前行业疫情防控形势依然严峻复杂，到了最吃劲的关键阶段，防控工作坚决不能松劲。北京市各快递企业要认真学习贯彻习近平总书记重要讲话精神，按照国家局党组和地方党委、政府工作部署，查漏洞、补短板、防风险，进一步严格落实各项疫情防控要求和措施，把工作做细做扎实，确保行业不发生聚集性疫情和安全稳定运行。要加强从业人员的防护工作，口罩等防护物资要向一线人员倾斜配置，坚决防止倒卖口罩等违法行为发生。

刘君要求，要认真贯彻国家邮政局工作部署，努力化危为机，一手抓疫情防控不放松，一手抓复工复产不动摇，充分发挥邮政快递业在“打通大动脉、畅通微循环”方面的先行作用，为更好服务经济社会发展大局作出更大贡献。各企业工作重心要下移，配置资源要向基层倾斜，要关注基层网点稳定运转问题，努力为基层解决实际困难，尽快恢复寄递服务能力。邮政管理部门和企业要共同努力，主动对接地方相关部门，把国家和地方出台的各项惠企政策落实好，充分享受政策红利，推动行业尽快渡过疫情难关。要认真贯彻全国人大有关决定，坚决禁止收寄野生动物的违法行为。要高度重视疫情防控期间的寄递渠道安全和行业安全生产工作，严格落实寄递安全管理三项制度，保障寄递渠道安全畅通，为满足民生需求和支持全国疫情防控大局作出应有的贡献。

来源：国家邮政局网站

江苏省副省长费高云一行检查督导江苏圆通网点

2 月 20 日上午，江苏省副省长费高云在南京前往顺丰、圆通等部分快递营业网点和南京邮区中心局调研，指导做好疫情防控工作并看望慰问奋战在一线的邮政快递从业人员。

调研中，费高云详细了解行业疫情期间运转情况，询问企业疫情防控措施和复工复产进度。他对邮政行业做好防疫举措、确保无一人感染表示赞许，代表省政府向一线从业人员的辛勤付出表示感谢。他表示，邮政快递企业春节不休，坚守一线，服务大局，保障民生，同时积极运输援鄂防疫物资，承担社会责任，发挥了邮政体系作为国家重要战略性基础设施和社会组织系统的积极作用，行业贡献值得肯定。他同时强调，邮政快递行业与群众基本生活保障密切相关，接下来要按照省委、省政府的统一部署要求，严格落实防疫防控措施，有序全面推进复工复产，继续做好寄递保障，为打赢疫情防控阻击战作出应有贡献。

新冠肺炎疫情发生以来，江苏全省邮政行业全力开展疫情防控，省内主要邮政、快递企业都迅速开通了免费运输驰援湖北防疫物资的“绿色通道”。邮政、顺丰、京东和苏宁等 10 家企业积极响应、主动担当、不计成本，目前已向湖北疫区运输各类防疫急需物资 119 车次、1785 吨，全省共收、投各类防疫用品、水果、粮油等邮件快件 1.96 亿件。

来源：江苏省邮政管理局网站

上海市委常委、统战部部长郑钢淼调研圆通总部

3 月 16 日下午，上海市委常委、统战部部长郑钢淼赴青浦区调研，实地走访圆通总部，了解公司疫情防控和复工复产情况，并举行民营企业负责人座谈交流会。

郑钢淼一行参观了圆通指挥调度中心、圆通展示厅，并听取了圆通速递党委书记、董事长喻渭蛟的汇报，对圆通的疫情防控、复工复产等工作予以充分肯定。

郑钢淼指出，落实统筹推进疫情防控和经济社会发展要求，要在"保大抓小防反弹"上下功夫：要抓住确保大中型企业复工复产这个重点，谋划新的战略布局，细化落实支持政策；抓好小微企业发展这个难点，发挥行业协会商会作用，支持抱团取暖、共克时艰；切实严防境外疫情输入引发反弹，持续巩固成果，在推动中央、市委各项决策部署落实落地中作出贡献。

青浦区委书记赵惠琴，市工商联副主席徐惠明，青浦区委常委、统战部部长王凌宇等参加调研。

据悉，疫情发生以来，圆通速递发挥产业优势、网络优势，持续助力打赢疫情防控阻击战，并积极做好复工复产相关工作。截至 3 月中旬，累计运送救援物资 192 车次、400.5 吨，货机执飞运送防疫物资 21 架次、183.17 吨，此外还向多地捐赠各类防疫物资 140.6 万件。目前全网分公司复工率已达到 95% 左右。圆通速递同时是上海市工商联国际物流商会会长单位。

来源："浦江同舟"微信公众号

上海市邮政管理局局长冯力虎
到圆通检查督导疫情防护和复工复产

“一直坚持营业、服务防疫和民生的网点和转运中心，很不容易！向圆通人致以慰问和敬意！”2 月 13 日下午，上海市邮政管理局局长冯力虎到圆通检查督导疫情防护和复工复产情况。他说，感谢圆通在上海疫情防控期间，为满足居民基本寄递需求、保障救援物资运输畅通作出的贡献。他同时对企业进一步落实疫情防护，推进复工复产提出要求。

圆通速递总裁潘水苗及营运中心、上海区负责人汇报了近期公司一手抓安全、一手抓生产的情况。

冯力虎强调，要全面检视各项防疫措施是否符合上海市委、市政府“三个全覆盖”“三个一律”以及国家邮政局、上海市邮政管理局的相关要求，抓好各类人群的安全防护；进一步做好防疫物资的准备和复工复产各项工作，确保按时间节点完成目标任务；要落实好企业主体责任，严格执行实名收寄、开箱验视、过机安检等三项制度，继续积极履行防控疫情的社会责任。

上海市邮政管理局市场监管处、上海市青浦邮政管理局负责人参加检查督导。

来源："圆通之家"微信公众号

（二）总部部署

周密部署、沉着应对：圆通全力做好疫情防控工作

1月22日上午，根据圆通速递董事长喻渭蛟的指示，圆通速递总部召开专题会议，传达国家邮政局对武汉新型冠状病毒感染的肺炎疫情防控工作的相关指示，要求全网高度重视、全力做好疫情防控工作。圆通速递总裁潘水苗作了具体部署。同时，圆通湖北省区、武汉转运中心等也及时落实多项举措，全力应对疫情。

22日上午的圆通速递专题会议传达了国家邮政局启动Ⅱ级应急响应、保障寄递物流服务不中断、加强从业人员健康防控、落实值班值守制度、做好宣传和组织管控工作等具体要求，制定做好服务畅通和人员安全“双保障”的一系列举措：

一、成立疫情防控专项小组：成立以总裁为组长、相关副总裁为副组长、相关部门负责人为组员的专项小组，建立专项小组工作群，加强

对圆通全网特别是湖北省武汉、武昌转运中心的服务保障、人员安全以及场地状况的实时监控，形成相关情况日报。

二、加强对春节期间值班人员的健康保障：通过发放口罩、对中心以及分公司实施场地消毒、强化员工体温测量等举措，加强对员工健康监控和保障工作。

三、做好对疫情防控工作的宣传，既要高度重视，又要冷静应对。

四、针对春节后业务量上涨、员工返岗等情况，提前制定复工预案，在保障安全前提下确保快递服务质量。

会议还要求，全网要进一步加强春节期间值班值守，强化有关疫情应急信息报送工作，积极配合卫生防疫等部门做好疫情防控工作，同时也提醒广大员工和家人春节期间注意安全防护，过一个安全祥和的新年。

同时，圆通湖北省区已成立专项小组，并开展以下工作：一、省区行政部门采购电子枪式测温器，下发至中心、省区及武汉市各个网点；春节期间，省区对每个值班人员进行体温测量并在工作群进行通报，武汉市各网点公司对值班人员的每日体温状况也及时上报。二、针对此前已下发的消毒剂和口罩，省区网管督促使用。三、在正月初五前对员工返岗情况进行摸底上报，确保节后顺利复工。

圆通对外发布《关于进出武汉快件服务管理和疫情防控工作告客户书》

首页　圆通速递　圆通国际　圆通航空

圆通关于进出武汉快件服务管理和疫情防控工作告客户书

2020-1-23

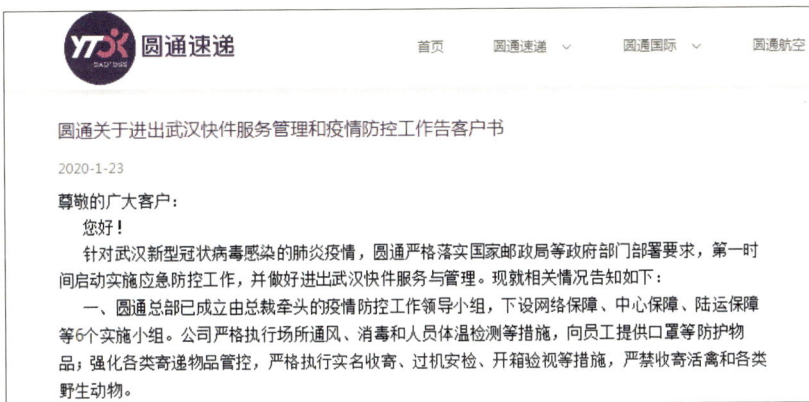

尊敬的广大客户：

您好！

针对武汉新型冠状病毒感染的肺炎疫情，圆通严格落实国家邮政局等政府部门部署要求，第一时间启动实施应急防控工作，并做好进出武汉快件服务与管理。现就相关情况告知如下：

一、圆通总部已成立由总裁牵头的疫情防控工作领导小组，下设网络保障、中心保障、陆运保障等6个实施小组。公司严格执行场所通风、消毒和人员体温检测等措施，向员工提供口罩等防护物品；强化各类寄递物品管控，严格执行实名收寄、过机安检、开箱验视等措施，严禁收寄活禽和各类野生动物。

尊敬的广大客户：

您好！

针对武汉新型冠状病毒感染的肺炎疫情，圆通严格落实国家邮政局等政府部门部署要求，第一时间启动实施应急防控工作，并做好进出武汉快件服务与管理。现就相关情况告知如下：

一、圆通总部已成立由总裁牵头的疫情防控工作领导小组，下设网络保障、中心保障、陆运保障等 6 个实施小组。公司严格执行场所通风、消毒和人员体温检测等措施，向员工提供口罩等防护物品；强化各类寄递物品管控，严格执行实名收寄、过机安检、开箱验视等措施，严禁收寄活禽和各类野生动物。

二、全力保障疫情防控应急物资和市民生产生活必需品的寄递服务，优先保障武汉方向重要应急物资的运输派送服务；按要求对快递及车辆进行二次消毒；对寄往武汉的快件，将与收件人电话联系预约派送，首选投递到快件箱（柜），以减少人员间接触。

三、适当调整武汉方向快件的收寄，减少武汉方向的车辆进出、运输、分拣和投递压力；对不能及时收寄的武汉区域快件，公司将向客户进行解释说明，也请客户对在疫情管控期间寄递服务受到的影响给予支持和理解。

春节期间，圆通将严格贯彻落实国家邮政局“不休网、不拒收、不积压”的要求，坚持“客户要求、圆通使命”，以客户体验为中心，保障快递服务质量。欢迎广大客户拨打圆通 95554 热线电话或通过圆通官网、官微垂询。恭祝客户朋友们万事如意，平安吉祥！

圆通速递有限公司

2020 年 1 月 23 日

圆通董事长喻渭蛟致圆通武汉员工的慰问信

武汉圆通的兄弟姐妹们：

大家好！

春节即将来临，我首先代表海内外的全体圆通人向你们拜年，向节日期间仍坚守岗位的同仁表示崇高的敬意。祝大家新年吉安、事业有成、圆圆满满！

近期，因受新型冠状病毒肺炎的影响，为控制疫情继续扩散、保障人民群众安全，党和政府已采取了一系列有力的防控措施。奋战在武汉的圆通兄弟姐妹，牵动着海内外全体圆通人的心。在此，我代表全体圆通人向你们表示慰问。我们坚信，在党和政府的坚强领导下，我们一定能战胜疫情。圆通的兄弟姐妹们一定能健康平安！

为配合做好疫情防控，也为了守护我们家人、亲友的平安，我希望大家配合做好以下几点措施：

一、各中心、网点的人员及一切经营活动须无条件服从当地党委、政府、总部、省区工作小组的统一领导和指挥。

二、所有中心、网点必须配备使用医用外科口罩、电子测温仪、消毒水等物品。

三、尽量减少人员外出，必须外出时要佩戴口罩，留守人员必须每天进行体温检测，一旦发现发热、干咳、呼吸急促等症状，必须立即就医并上报。

四、认真做好防范工作，严把消毒和食品安全关，严禁食用野生动物及不安全的食品。

五、对已经离开武汉返乡的人员，为了您和您的家人、亲友的安全，返家后要减少外出，可采用电话、微信、电子贺卡等方式拜年。

六、各中心、网点负责人须及时关注当地政府公告，按要求及时组织人员返岗，并对返岗员工做好相关安全培训和检测工作。

七、不要擅自发布未经证实的疫情信息，并做到不信谣、不传谣。

让我们守望相助、共同防控。最后再次祝愿我们圆通的事业蒸蒸日上，祝全体圆通人和圆通的家人们新年快乐、万事如意！

圆通速递有限公司董事长 喻渭蛟

2020 年 1 月 23 日

圆通关于免费为武汉地区运送救援物资的公告

首页　圆通速递　圆通国际　圆通航空

‹返回

圆通速递关于免费为武汉地区运送救援物资的公告

2020-1-25

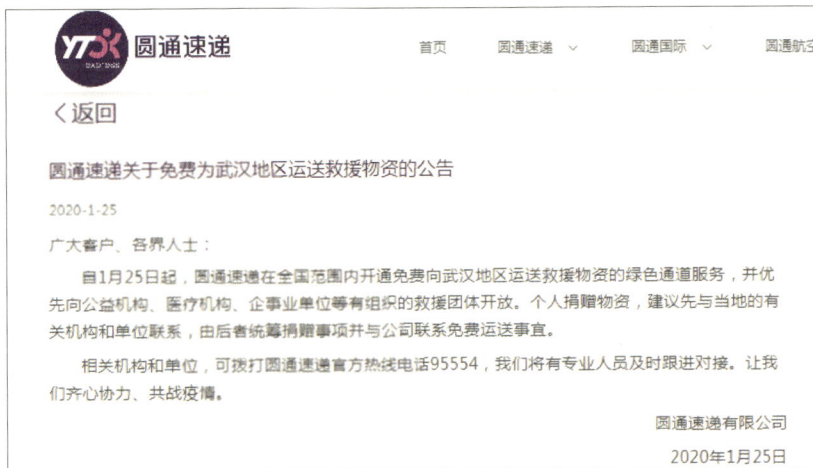

广大客户、各界人士：

自1月25日起，圆通速递在全国范围内开通免费向武汉地区运送救援物资的绿色通道服务，并优先向公益机构、医疗机构、企事业单位等有组织的救援团体开放。个人捐赠物资，建议先与当地的有关机构和单位联系，由后者统筹捐赠事项并与公司联系免费运送事宜。

相关机构和单位，可拨打圆通速递官方热线电话95554，我们将有专业人员及时跟进对接。让我们齐心协力、共战疫情。

圆通速递有限公司

2020年1月25日

广大客户、各界人士：

自 1 月 25 日起，圆通速递在全国范围内开通免费向武汉地区运送救援物资的"绿色通道"服务，并优先向公益机构、医疗机构、企事业单位等有组织的救援团体开放。个人捐赠物资，建议先与当地的有关机构和单位联系，由后者统筹捐赠事项并与公司联系免费运送事宜。

相关机构和单位，可拨打圆通速递官方热线电话 95554，我们将有专业人员及时跟进对接。让我们齐心协力、共战疫情。

圆通速递有限公司

2020 年 1 月 25 日

圆通对疫情防控和运送畅通等进行再动员再部署

1月28日上午，为进一步落实国家邮政局部署和要求，圆通速递董事长喻渭蛟在总部主持召开专题会议，就做好新型冠状病毒感染肺炎疫情防控、确保救援物资运送“绿色通道”畅通有序以及员工安全防护等工作进行再动员再部署。

疫情就是命令，防控就是责任。湖北武汉等多地发生新型冠状病毒感染的肺炎疫情后，在国家邮政局指导下，圆通等快递企业积极响应号召，认真贯彻落实党中央、国务院关于疫情防控的决策部署，迅速开通驰援武汉的“绿色通道”，全力保障疫情防控相关物资运输。

28日下午，圆通速递总裁潘水苗还主持召开各管省区、中心负责人视频会议，传达国家邮政局相关通知要求，再次作出动员部署。圆通总部当日就相关工作要求下发通知至全网。

设3亿扶持基金、向所有员工赠送保险……圆通“五招”扶网络、抗疫情、保服务

设立总额3亿元的扶持基金、为全网员工免费购买防疫保险、灵活调整业务考核指标……2月9日，为一手抓疫情防控、一手抓快递服务，圆通速递总部向全网推出五条关键举措，从防疫物资支持、免息资金扶持、员工保险赠送、考核办法调整、应急协助管理等各方面为网络全方位赋能助力，进一步减轻全网分公司经营压力，保人员和生产安全、保运营和服务质量。

2月9日，圆通总部向全网下发《关于疫情防控期间全面提升快递服务保障能力相关措施的通知》。《通知》明确，为响应国家号召，在疫情期间确保医疗物资和群众生活必需品的配送，全网要“一边做好疫情防控，一边落实好快递服务保障工作”。

《通知》包括五条举措：

一是防疫物资支持。在疫情期间，对正常开展揽派服务的分公司，如后期缺乏防疫物资、省区无法组织采购的，由总部协助进行统购和下发。

二是免息基金扶持。总部设立总额为3亿元的抗击疫情扶持基金。针对全网有困难的分公司，总部将根据实际情况给予10万元至30万元额度、三个月免息借款扶持。

三是免费保险赠送。在疫情防控期间，由圆通总部统一购买“新冠病毒肺炎险”，并免费赠送给包括全网业务员、操作工在内的每一名员工。

四是考核办法调整。自 2020 年 1 月 22 日至 2020 年 2 月 29 日，总部对全网所有派送、仲裁延误、客户投诉、升级投诉等服务质量的考核内容灵活调整、酌情处理。

五是协助管理支持。疫情防控期间，对全网分公司因人员感染被隔离造成的处罚款（遗失除外），总部予以酌情处理；如分公司法人也被隔离，则由省区指定管委会进行委托管理，待法人隔离期结束到岗后，管理权交还原法人。

圆通速递总裁潘水苗表示：“一年之计在于春。面对挑战和压力，我们坚定信心、众志成城、防控疫情，同时全力保障人民生活必需品的运输与配送服务工作，坚决打赢抗击疫情的阻击战。”

圆通董事长喻渭蛟
到战"疫"一线慰问快递小哥:"大家辛苦了!"

2月12日上午,圆通速递党委书记、董事长喻渭蛟到圆通在上海松江新车、闵行莘北的两个一线网点走访慰问,强调要一手抓安全、一手抓生产,要严格做好人员安全防护,同时切实提升快递服务保障能力和质量,毫不松懈,助力打赢这场疫情防控的攻坚战。

新冠肺炎疫情发生以来,圆通总部对疫情防控工作及时作出周密部署。许多网点在保障员工安全的同时,积极开展救援物资的筹集和免费运送。全网众志成城、上下一心、抗击疫情,充分体现出圆通人的大局意识和责任担当,获得了各方好评。

"大家辛苦了!"在两个网点,喻渭蛟亲切看望了奋战在一线的员工,向大家致以诚挚的慰问和衷心的感谢。他还仔细检查每个网点疫情防护情况，向员工们赠送了口罩、消毒水等防护用品。他再三提醒网点负责人及员工，务必要严格落实各项防护举措，保障安全和健康。

他同时详细了解网点员工到岗、全面复工、市场开拓等情况，强调要一手抓安全、一手抓生产，做好精准配送，利用终端拓展产业链，切实提升服务质量，“坚决打赢网络运营和服务质量提升这另一场攻坚战、持久战，切实完成全年各项目标任务”。

“迎难而上，千方百计抓好复工复产！”
——圆通对“两手抓”进行再部署

“要把发展和信心挺在前面，而不是把困难挂在嘴边！”“迎难而上，千方百计抓好复工复产！”——2 月 26 日，圆通速递党委书记、董事长喻渭蛟在总部主持召开各部门、各管省区和区域负责人视频会议，学习习近平总书记 2 月 23 日在统筹推进新冠肺炎疫情防控和经济社会发展工作部署会议上的重要讲话，部署全网下一阶段安全防控和复工复产工作。

一个多月来，圆通全网按照各地政府要求和总部部署，上下一心、协同奋战，没有出现一例新冠肺炎病例。喻渭蛟代表总部向各管省区、各中心负责人和全体员工表示慰问和感谢，特别是对春节期间主动坚守武汉、近期又每天为武汉市民提供蔬菜配送等服务的武汉转运中心及圆通武汉各大网点予以充分肯定和褒扬。

“一路走来，我们就是顶着各种困难和压力走到了今天。眼下，同样不能被疫情和困难吓倒。面对危机考验，我们更要把发展和信心挺在前面，而不是把困难挂在嘴边！”喻渭蛟说。

会议提出了三点要求：

一是提高政治站位，继续在疫情防控工作中展现圆通的奉献和责任。国家有要求，圆通有担当。圆通人已经为抗击疫情做了大量工作，但是疫情拐点还没有到来，下一步仍需要严防死守，做好疫情防控。

二是发挥全网各党支部的战斗堡垒作用和党员先锋模范作用，关键时刻冲得上去，危难关头豁得出来，以身作则、一马当先，为全网员工当好标兵，坚决打赢疫情防控安全和恢复正常生产攻坚战。

三是坚定必胜信心，千方百计克服困难，抓好复工复产、抓好成本管控、抓好市场和服务。“一年之计在于春”，做好复工、扩大生产刻不容缓。同时，要做好员工的安全防护和后勤保障，让大家都能安心投入工作。

总裁潘水苗就提升时效和服务质量等提出要求、作出部署。会议还强调了精细化管理、形象规范等工作要求。会后，圆通总部就近期提升网络能力和客户体验等具体工作向全网下发通知。

YTO
express
圆通速递

三
“服务社会，强企为国”
——驰援一线

(一)“大国”有“小哥”

一场艰巨的新冠肺炎疫情阻击战，让人们重新认识并更加记住了中国的快递小哥。

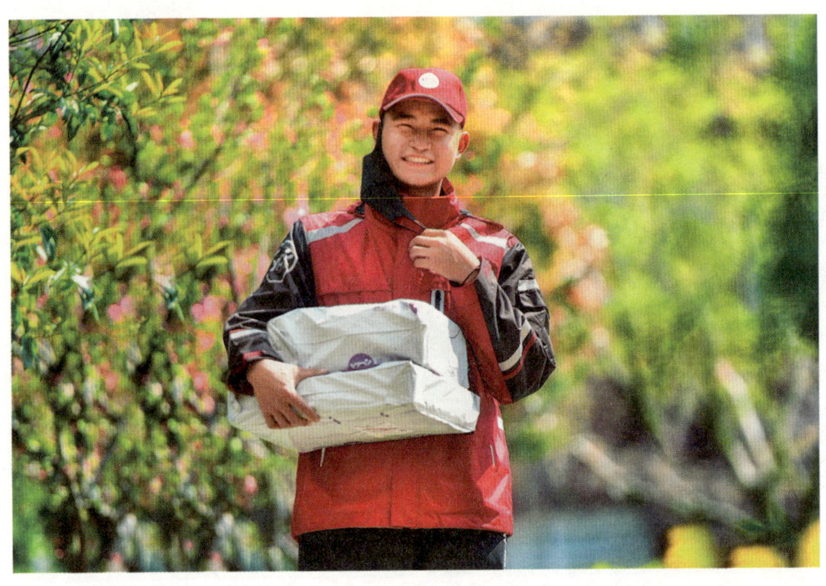

疫情就是命令，防控就是责任。面对汹涌而至的疫情，快递小哥们有的不眠不休、日夜不停将防疫物资送往各大医院，有的冒着风险为隔离在社区的千家万户送粮送菜，有的还成为志愿者，发动社会力量将疲惫不堪的医护人员安全接送回家。快递小哥们说：“平时送的是包裹，现在送的是救命的药。”“我多跑一单，就减少一分疫情扩散的风险。”……在疫情防控的关键时期，作为物流配送的最后一环，快递小哥给人们送去的不仅是生活必需品，更是战胜疫情的信心和力量。

“大国”需要“小哥”！在这场“大战”和“大考”面前，快递小哥们用实际行动诠释了“美好生活的创造者、守护者”的深刻内涵和责任担当，赢得了各方的一致点赞。官方媒体纷纷称赞“快递的速度，温暖的力量”，“骑行的勇者，是春天的暖流”。有的调查报告评价快递小哥：“他们是我们这场举国之战中数量最多，离我们最近，又最不容易被注意的战士。”著名学者易中天说：“疫情过后，我第一个要感谢的除了医护人员，就是快递小哥！”

关键时刻考验企业担当。作为中国快递物流头部企业之一，圆通速递第一时间响应并投身疫情防控阻击战，总部周密部署，全网闻令而动，国内国际联动，航空陆运协同。在这段特殊的日子，圆通的全货机、干线车辆等星夜兼程，将全国及海外筹集的防疫物资源源不断运往抗疫阵地；全网的爱心持续涌流，将一批批医用口罩、防护服、消毒液等捐向各地的医疗机构、慈善组织；武汉等地的圆通小哥们穿着防护服、戴着口罩，每天奔跑在街头巷尾，将居民群众急需的医用物资、生活用品乃至柴米油盐等送上门。

圆通速递党委书记、董事长喻渭蛟说：“要始终牢记并践行圆通‘服务社会，强企为国’的社会责任理念，确保快递服务的畅通和安全，众志成城、主动担当，为坚决打赢这场抗击疫情的阻击战作出贡献。”

快速响应启动“全网战役”

“疫情就是命令。当务之急是保员工安全、保网络畅通！”1 月 22 日，根据喻渭蛟的指示，圆通速递总裁潘水苗组织举行全网疫情防控专题会议，传达国家邮政局对新冠肺炎疫情防控工作要求，要求全网高度重视，采取有效措施统筹安排网络资源，全力做好员工安全防护、客户快递服务保障等工作。

22 日下午，圆通总部成立以总裁为组长的疫情防控领导小组，下设人资、网络、中心、陆运、安全、宣传等6个小组，圆通湖北省区以及全网各省区同步成立专项小组。

次日，圆通对外发布《关于进出武汉快件服务管理和疫情防控工作告客户书》，进一步强调春节期间，圆通将贯彻落实国家邮政局“不休网、不拒收、不积压”的要求，坚持“客户要求、圆通使命”，以客户体验为中心，保障快递服务质量。

当晚，喻渭蛟专门向圆通武汉及湖北其他地区员工发去慰问信，向坚持奋战、投身疫情防控、保障快递服务的圆通人表达敬意和问候，并强调要落实配合疫情防控的多项措施。

“大家新年好，提前给各位拜年了！”1月23日一早，圆通速递湖北省区总经理张善建在省区工作群里给大家拜年之后，就开始“敲黑板”：“行政部需要采购背式喷雾器（用于车辆、快件、场地的消毒），操作员的口罩留足库存，设立进出省区体温检测与消毒登记制度，对每票快件消毒，网络管理部年后对每个分公司也要严格按照此标准执行！提前准备！提前准备！”各部门负责人立即响应。

抗击疫情，需要每一个圆通人站出来！1月25日，大年初一，圆通通过官网、微博、微信公众号以及广大媒体等多个渠道对外公告：在全国范围内开通免费向武汉地区运送救援物资的“绿色通道”服务。

大年初三，圆通总部、省区、转运中心主要负责人停止休假，立即返岗，统筹指导，协调疫情防控工作。喻渭蛟再次主持召开总部专题会议，传达国家邮政局、上海市委、市政府相关会议要求，就做好疫情防控、确保救援物资运送畅通、员工安全防护等工作进行再动员再部署。他强调，作为一家公众企业，圆通在全国已有4000余家分公司、70000多个网点和终端门店，服务网络几乎覆盖全国所有县市，全网络共有40余万员工。面对新冠肺炎疫情带来的挑战，圆通必须要坚决贯彻落实国家邮政局的部署和要求，确保“绿色通道”运转顺畅有序，全力保障疫情防控相关物资运输，同时要保证城市运行和居民生活必需物资的转运配送。各省区、网点要主动联系客户，保障客户生活必需品的快递服务。此外，一定要坚持预防为先、防控结合，严格落实场地消毒通风、员工佩戴口罩、定时检测体温等举措，继续采购口罩等急需物品。

圆通人抗击疫情的阻击战，已经全面打响。

三网协同传递“八方支援”

——“温州民航全体干部职工向机组人员致以最崇高的敬意，感谢你们心系万家冷暖，满载真诚的爱抵达温州！浙江加油，中国必胜！”

——“你们也辛苦了！我们为了同一个目标，保障万家安全，圆通航空责无旁贷！”

这是2月16日晚，温州龙湾机场空管人员与圆通航空机组人员的一段“隔空”对话。

当晚19时45分，在人们的翘首等待中，一架搭载着包括120万只医用口罩在内的防疫物资的圆通航空B737全货机划破夜空，稳稳降落于龙湾机场。

温州，浙江抗击新冠肺炎

疫情的“主战场”之一。受温州市慈善总会委托，这批由圆通航空紧急调派全货机、克服种种困难从越南胡志明市和柬埔寨金边两地辗转运来的防疫物资，迅速被运往抗疫一线。

这是疫情防控期间第一架降落温州的运载防疫物资的全货机。地面人员展开的条幅上写着：“感谢圆通航空雪中送炭，与温州人民共患难、同命运、齐战斗。”

在抗击新冠肺炎疫情过程中，航空货运凸显出不可替代的快速、安全、高效等优势。作为中国“快递空军”的重要成员，圆通航空旗下12架全货机开辟出抗击疫情的一条条空中通道。截至2月29日，圆通航空为各地运送救援物资21架次，运送物资183.17吨。其中，一部分空运任务是受多地政府、慈善组织等委托，执飞多条国际航线，从东京、福冈、首尔、胡志明市、马尼拉、金边、伊斯兰堡等地运送防疫物资回国；另一部分是执行民航局组织的重大航空运输任务，从杭州、兰州、南宁等地紧急运送防疫物资驰援武汉。圆通航空执行的民航局重大运输任务数量在民航货运企业中名列前茅。

对于圆通航空人来说，这样的“战役性行动”是一份沉甸甸的责任。2月5日，菲律宾的华侨华企在当地筹集近2800箱、总重量超过17吨的救援物资，需要运往国内支援疫情防控。受浙江省委统战部、浙江省侨办的委托，圆通航空承运了此批物资。圆通的“中国机长”刘光忠接到任务后，当日凌晨2点就从杭州起飞，凌晨5点多到达马尼拉机场，接着开始货物装机。不到一个小时之后，航班再次起飞。经过近3个小时的飞行，满载物资的航班顺利返回杭州萧山国际机场。

“在马尼拉机场，我看到一批批救援物资装上飞机，心里还是挺激动的。有全国人民和海外华人华侨的同心协力，我相信武汉一定能挺过去。”刘光忠说。

圆通的陆运网络在疫情抗击中担当了主力军的角色。往武汉免费运送

救援物资的公告一经发布便得到热烈响应。截至2月29日，经圆通“绿色通道”，陆运网络已累计向全国各地疫情防控一线运送救援物资192车次、400.5吨。在上海地区，圆通网点和干线车辆免费为上海市浙江商会、上海市湖北商会、上汽大通等十多个单位往武汉运送消毒水437箱、医用手套35箱、口罩36箱、纸尿裤8万件等防疫物资。在武汉，圆通各大网点免费往当地191家医疗机构、慈善组织等运送物资。

谢义军是圆通速递浙江省区的一名驾驶员，作为省区抗疫救援物资运输人员之一，他先后四次从浙江赶赴湖北，将防疫物资分别送至武汉、孝感和襄阳的医疗机构和慈善组织。每次来回急驰两千公里，途中几乎没有休息，为的就是将物资第一时间送达。“由于高速上没什么吃的，只好准备了一些苹果、方便面填肚子。这些都是当地急需的救命物资，要赶紧送到，危难之时与公司同出一分力。”

在这个特殊的春节，圆通武汉转运中心成为整个圆通网络最牵动人心的地方。从大年初一开始，圆通武汉转运中心的灯就几乎没有熄过。每天，一批批从全国各地将抗疫救援物资运到湖北省内的圆通车辆，在这里完成卸货、分拣、按收件地址识别配送；每天一早，从湖北省各个地方赶来的圆通网点车辆，在此地随时待命。在圆通湖北省区，从武汉中心到省内几乎所有网点，在岗的每天跑来中心等着拉货，拉了就走，送完了又回来装；在线的就实时帮忙协调安排，统筹部署。忙的时候，连做饭师傅都来帮忙操作。

1月25日当天，圆通国际也公布了受理海外物资援助的总联系人、电话和邮箱，以及几大办事处的联系方式，积极开通境外救援物资运送“绿色通道”，优先向公益机构、医疗机构、企事业单位等当地有组织的救援团体开放。截至2月29日，圆通国际旗下美国、澳大利亚、韩国、德国4个国家的5家分公司共采购国内紧缺的防疫物资52.41万件，总价值近462万元。圆通国际旗下清关团队向10家公益组织及企业提供货物从荷兰、克罗地亚、波兰、伊拉克等地入境的物流清关服务，加快抗疫物资的跨境中转。

无私捐赠彰显责任担当

在汹涌而至、波及全国的疫情面前，医用口罩、防护服、隔离衣等防疫物资的缺口一下子暴露出来。特别是在前期，多地医院都传出库存物资告急的讯息。圆通速递在满足网络员工安全防护需求的同时，不断采购并捐赠防疫物资送往防疫一线。

2月6日下午，小雨绵绵，一辆圆通速递的配送车悄然抵达上海市中山西路上的上海市疾控中心。车至仓库，随车的圆通快递小哥与早已等候在此的疾控中心工作人员一起，将一箱箱医用口罩登记入库。截至

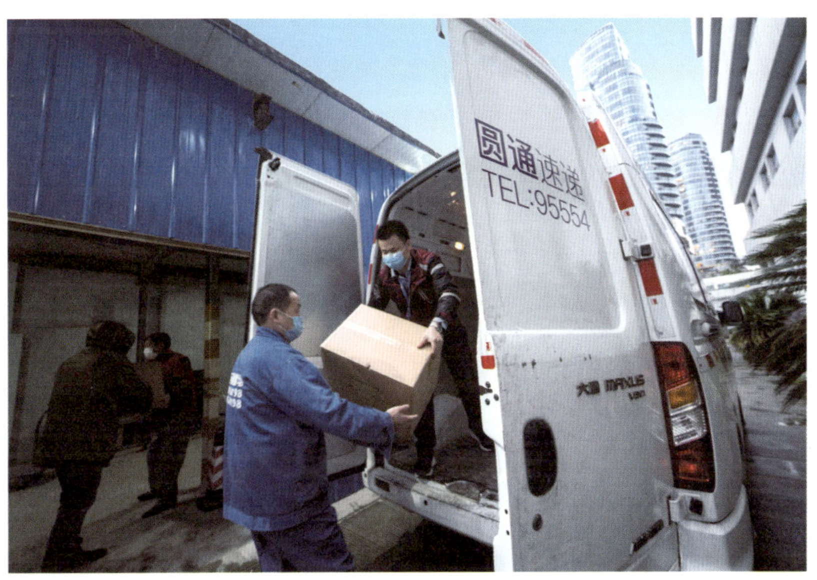

当天，圆通已累计向上海市疾控中心、华山医院、青浦区政府、华新镇政府等单位和机构捐赠N95口罩、普通医用口罩等各类口罩30万个，隔离衣8000件。“感谢圆通，雪中送炭！”上海市卫健委党组书记黄红接过口罩，动情地说。

2月4日、5日，圆通速递连续两天向杭州市红十字会捐赠两批次N95医用口罩、隔离衣等共计11.1万件防疫物资。在捐赠现场，杭州市副市长王宏对圆通的大局意识和责任担当表示充分的肯定和感谢，并向圆通颁发“人道博爱奉献奖”的荣誉牌。王宏在现场叮嘱杭州市红十字会负责人：“要快、要快，尽全力把防疫物资送到一线。”

召唤来自哪里，爱心物资就输送到哪里。据统计，截至2月29日，圆通共向北京、上海、浙江、江苏、黑龙江、海南、山西、河北、福建、

陕西等多个省区市的 120 个政府部门、医疗机构、慈善组织等捐赠医用口罩、乳胶手套、消毒用酒精等防疫物资 140.6 万件，总价值约 526.09 万元。

此外，作为北京浙江企业商会、上海市杭州商会、上海市工商联国际物流商会三家商会的会长单位，圆通在带头示范的同时，积极号召会员企业承担社会责任，为疫情防控献爱心、作贡献。不到一个月，北京浙江企业商会的数十家会员企业共捐赠医用口罩 84 万个、隔离服 4.5 万套、护目镜 51900 副、一次性手套 1000 箱以及价值 400 多万元的灵芝孢子粉等。上海市杭州商会各会员企业向杭州市慈善总会捐款 204 万元。

（二）绿色通道、驰援一线

圆通日夜兼程将物资运抵疫情防控一线，海外网络也全面加入！

1月26日上午11时15分，经过连夜运输，由圆通速递免费承运、从安徽滁州发车的30吨双氧水，抵达湖北孝感市政府，用于疫情防控消毒。

26日晚6时许，经过一天一夜的紧急运输，1月25日晚上9点半左右从圆通广州转运中心发往湖北省内的近两百箱一次性洁净服和1万只医用外科口罩，正在圆通武汉转运中心卸货转运，准备发往武汉、孝感、红安及黄冈等地的医院；与此同时，6万副无粉尘手套已由圆通江西南昌的分公司接洽，紧急运往湖北襄阳中医院……全国多地捐赠的抗疫救援物资，在圆通总部的统筹下，通过圆通网络开通的免费运输“绿色通道”，已陆续抵达湖北疫情防控一线。

此外，在美国、澳大利亚、荷兰等地，圆通国际旗下多个境外办事处开始受理海外支援物资的捐赠和免费运送。在菲律宾，圆通速递菲律宾公司统一将菲律宾浙江总商会在当地接收的各项救援物资免费送回国内。

“生命重于泰山，疫情就是命令，防控就是责任！”1 月 25 日下午，圆通对外发布公告：在全国范围内开通免费向武汉地区运送救援物资的“绿色通道”服务，并优先向公益机构、医疗机构、企事业单位等有组织的救援团体开放。圆通公布受理热线电话 95554，并安排专人跟进对接。

在湖北当地，圆通湖北省区及全省各分公司全力投入物资运送中。1 月 25 日上午 10 点，10 万只口罩由圆通湖北仙桃分公司送往武汉，下午 4 点抵达。1 月 26 日晚 7 点半，圆通湖北接洽并安排运送 3 万只医用外科口罩，从湖北襄阳运往武汉亚心总医院。

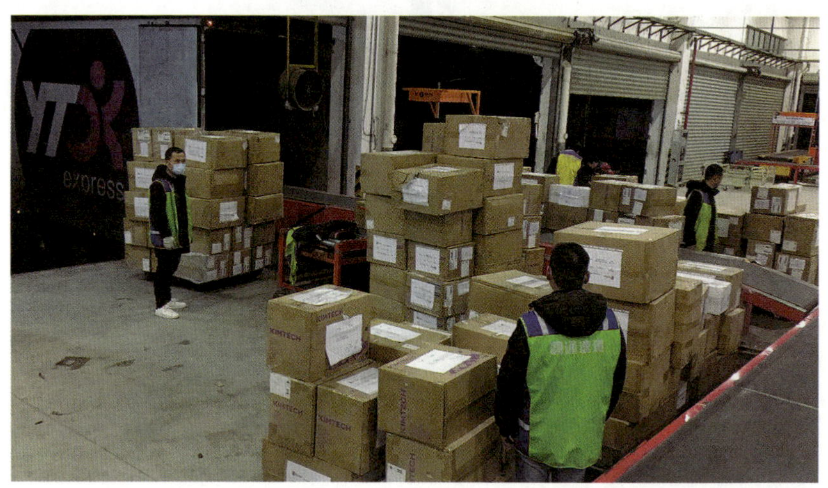

这里，听得到阻击一线的"炮声"；这里，输送着战胜疫情的力量——圆通武汉转运中心实录

在这个特殊的春节，圆通武汉转运中心成为整个圆通网络最牵动人心的地方。自圆通对外宣布开启支援疫情防控"绿色通道"以来，来自全国各地的支援物资，源源不断地由圆通各地分公司车辆运送至此，然后分运至武汉乃至湖北各地的医院等机构。转运中心和分公司的员工、司机们，随时待命、即刻迎战。

在这里，你仿佛能听到一线阻击疫情的"隆隆炮声"；在这里，你更能感受到四面八方汇聚、越来越强的信心和力量。

"不只是我们 8 个人的战斗！"

从大年初一（1 月 25 日）开始，圆通武汉转运中心的灯就几乎没有熄过。每天，一批批从全国各地将抗疫救援物资运到湖北省内的圆通车辆，在这里完成卸货、分拣、按收件地址识别配送；每天一早，从湖北省各个地方赶来的圆通网点车辆，在此地随时待命。

"这些医疗物资不同于一般的包裹，"武汉转运中心值班负责人陈文学说，"整个过程都得靠人工完成，需要对着清单一一核对、分开归整，并合理安排配送。各家医院所需不同，可千万马虎不得！"

戴上口罩，穿上工服，洗手消毒……操作一线的 7 名中心员工有

序操作。3 天来，武汉中心已经完成了 4000 多件、共计 12 吨抗疫救援物资的配送安排，将它们送达湖北省内 12 个县市以及武汉市内的 15 家医院。

“但这远远不只是我们 8 个人的战斗！”陈文学说。在圆通湖北省区，从武汉中心到省内几乎所有网点，在岗的每天跑来中心等着拉货，拉了就走，送完了又回来装；在线的就实时帮忙协调安排，统筹部署。

武汉地域广阔，区与区的直线距离远的有 60 公里，网点间跨区、跨县市运货是常有的事。忙的时候，连做饭师傅都来帮忙操作。

如何做到忙而不乱？除了在中心现场指挥安排，陈文学每天必进的一个微信群就是“湖北省邮政局局长办公群”。在这个群，湖北省几乎所有县市的邮政局局长都实时在线办公。无论是车辆进省，还是省内运输，一旦遇到情况，陈文学都会第一时间进这个群请求协调，基本很快都会得到解决。

“这个群确实是很给力！一旦路线畅通，我们的司机就心里笃定了！”陈文学说。接下来，抵达武汉中心的车辆会越来越多。陈文学已呼吁在武汉附近过年的圆通人，如方便返岗就及时回来帮忙。

“许多人也主动要求提前回来。”陈文学说，“当然，一定以保障人员安全为先。”在武汉中心，场地消毒，工作人员更换口罩、洗手消毒，是每天必做的。

"我们在做的是真正光荣的事"

在圆通工作了五年多的老司机权循忠，这个鼠年春节并未提早回江苏徐州老家，腊月二十九那天仍在公司上班。他说："我习惯了，就怕有啥紧急任务，需要我临时顶上！特别是赶上今年这个情况。"

果然，年三十，任务来了——需要他开车赶往安徽滁州金禾县，将当地企业捐赠的一批救援物资运往此次疫情重灾区之一的湖北孝感。

"这可是'政治任务'啊！没啥可犹豫的，必须接受并保证完成。"戴上公司统一配发的口罩后，权循忠开始了这个春节的"江城行"：年初一下午 2 点，从上海总部空车前往安徽滁州金禾，晚上 7 点到达后开始装车。年初二凌晨 1 点满车再次启程，中午 11 点 15 分，将 30 吨消毒液送抵此行目的地——湖北省孝感市人民政府大院，然后由政府统一分配到当地医院。

"这个时候，根本顾不上睡觉，得空就在车上稍微眯一下就好。"权循忠说。当车开到湖北境内，经过测体温、验身份证等一系列严密的程序之后，一路途经麻城、武汉，直到孝感，路上几乎不见人，店门也都是关着的，景象确实有些萧条。

"但这个时候，我却更定心了，更加感到

自己此行的‘义不容辞’！”他说，到达湖北的那一刻，他真正觉得自己是在做一件光荣的事。

另一位圆通的老司机吴宝明，则从 1100 多公里之外的圆通广州转运中心出发，经过一夜的风雨兼程，终于将运载着 138 箱救援物资的圆通大挂车驶入了湖北境内。

随着离此行的目的地——圆通武汉转运中心越来越近，他的心也愈加笃定起来。

今年春节，在圆通广州转运中心做干线司机的吴宝明没有回江西老家，被安排在中心值班。但是他事先也没想到，会接到这样一项特殊的任务。

年初一晚上 12 点从广州发车，吴宝明来不及带上任何吃的。一路赶时间，根本找不到地方吃东西（服务区都关闭了）。到了湖南衡阳，当地圆通的同事知道他要途经此地，特意把热饭热菜送到高速路口，这是吴宝明一天一夜里吃的唯一的一顿饭。

年初二晚上 6 点半左右，在圆通武汉转运中心，直到 138 箱物资全部完成卸货，开了近 20 个小时车的吴宝明才顾得上在车里眯上一觉。之后，听从陈文学的建议，他立刻返程。

为支援疫情防控，圆通人有多拼？听听这四个故事！

“因为有你们，才让我们的物资以最快的速度抵达需要的医院。”

“因为有你们，才能使我们的物资像血液一样流向更多需要它们的地方。”

“我觉得应该感谢快递让社会机器的一部分还在运转，他们冒着很大风险，搞不好就被拒之门外……社会稳定需要大家互相帮助，有福同享、有难同当。”

……

新型冠状病毒肺炎疫情发生以来，圆通积极响应国家号召，主动担当、快速行动，全面开通救援物资“绿色通道”，旗下国内、海外、航空“三箭齐发”，不断采购，持续运送。在充分确保一线运输人员安全的基础上，全力将救援物资通畅有序地运达疫情防控一线。

圆通这条“绿色通道”，接通了许多爱心抵达战“疫”一线的路，更是让越来越多的人意识到“快递铁军”的责任担当。

多省合力、空陆连接，圆通“速度”受到委托方盛赞

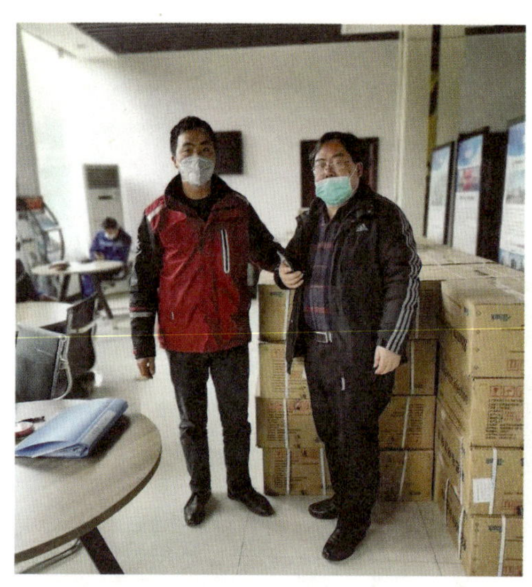

1月底，吉林百年汉克制药有限公司（简称“百年汉克”）捐赠180箱、价值500万元的抗疫药品，需运送到当时疫情严重的湖北黄冈、黄石两市。在联系多家物流快递未果之后，百年汉克董事长张远强辗转找到圆通，立即得到响应。

1月30日，当180箱药品尚在吉林松原市进行质检时，接到运输任务的吉林圆通车辆、人员都早已在现场待命。质检完成后，药品第一时间被送到了吉林长春龙嘉机场，通过由圆通紧急接洽的航空公司，从长春运至湖南长沙；31日下午，由湖南圆通接力，进行装卸，并通过长沙—武汉圆通汽运专线发往圆通武汉转运中心；2月1日，湖北圆通网点从转运中心将180箱抗疫药品分别送达黄石（90箱）、黄冈（90箱）。

“非常感谢圆通，第二天就把物资送到了前线。我们现在还有物资要运往西藏、河北、东北等地。我们将和圆通密切沟通，尽快将物资运到需要的地方。”张远强激动地说。

不顾自身安危，只为早点送到

武汉封城后，物流渠道紧张，防护物资的运送和分发成了难题。留在武汉的彭娟等人在当地自发组成了志愿者团队，积极沟通募捐以及物资运输事宜。

1 月 26 日, 有关机构愿意从襄阳捐赠 3 万只口罩给武汉亚心总医院，物资堆积在仓库门口，却迟迟联系不到物流公司来运输。彭娟联系上圆通后，襄阳分公司不到半小时就上门取货。

司机小陈连夜赶路，希望当天就能运到武汉。半路上，车胎突然出现严重损伤，基本报废。大家都关注他的安危，而小陈在微信群里说的第一句话却是："怕今晚赶不到武汉了。"看到这句话，彭娟说，她感动得眼泪都要流出来了。

一修好车，司机顾不上休息就继续赶路，终于在 27 号到达武汉，当天就把物资送到武汉亚心总医院。

他们与死神搏斗，我们和圆通一起来守护他们

像施露这样在外地工作的湖北人，看着一线"战友"们置身险境，却连口罩都缺，非常焦急。他们自发建立志愿者群"守护湖北"，多方联系物资。有一家上市公司愿意捐赠消毒水到湖北，圆通获悉后，很快就安排好装卸及运输团队。

"因为有你们，才让我们的物资以最快的速度抵达需要的医院。"施露激动地说。

1 月 28 日，圆通杭州分公司接到杭州童梦楼扶贫公益服务中心发来的湖北省内寄递物资的请求。向总部汇报后，总部安排湖北当地分公司连夜揽收 3.7 万只口罩, 并第一时间送往武汉及黄石的对口医院。此外，

杭州分公司还承接了从广东运往杭州的医疗物资的派送。

物流通则渠道通。非常时期，圆通人的投入和奉献，与社会诸多力量一起，汇成了防控疫情一线的滚滚洪流。为更多人的生命和生活奔忙，所有奋战在一线的快递物流人，都是英雄！

实名感谢圆通，真是太给力了！

2月2日上午，经过十几个小时的驾驶，圆通重庆潼南分公司负责人梁翼捐出并亲自送达的2万斤用于防疫的柠檬，顺利抵达湖北京山市红十字会。京山市红十字会对圆通的义举表示感谢。

2月7日下午，圆通广东揭阳榕城分公司免费将由圆通国际对接、圆通航空专机运达国内的抗疫救援物资派送至揭阳市榕城区人民医院。医院对捐赠方的爱心和圆通的及时送达表示感谢。

1月底到2月初，圆通西北转运中心共4次，将共计9.5吨消毒液免费运往武汉，驰援湖北抗疫。消毒液捐赠方及消毒厂对圆通的运输服务表示赞扬与肯定。

为了尽快运输物资，圆通工作人员跑前跑后张罗，专车转运，送完一批物资顾不上休息就赶往仓库提下一批货。

医护家、清科医疗、梦洁家纺等一批企业将它们从江苏、湖南多地向湖北捐赠的抗疫救援物资交与圆通寄送。从 1 月 30 日到 2 月 3 日，湖南圆通、湖北圆通快速接力，第一时间将数批物资分送到武汉、孝感、黄石、十堰、广水等地的十几家医院、基层卫生局及养老机构。

“跑过那么多趟武汉，这趟更加时不我待！”

有一群人，为了守护我们共同的家，逆流而动、冲进旋涡，只为按下疫情传播的“停止键”，然后重新整顿，将困难各个击破。大多数可爱的快递人，不会说什么大道理，只求将战“疫”所需物资快速送达，让那座城里的人们快点好起来。

孙俊坡是圆通速递北京区域公司的一位大车司机。1月20日，也就是腊月二十六，他放假回到老家河南驻马店。隔着信阳，驻马店与武汉的直线距离不过300多公里，因此这里也比其他地方更早、更快地对疫情作出反应。“武汉‘封城’的第一时间，我们河南就有动作了。”孙俊坡说。

但眼看着新型冠状病毒肺炎疫情一天比一天严重，无论是从电视上、微信朋友圈中还是切身感受到的疫情，都让他心里焦灼难受。2019年7月，孙俊坡的运输路线由北京—杭州调整为北京—武汉，几乎每个月往返于两座城市八九次，在他心里，那是他的“地盘”，去武汉支援自然是责无旁贷。

1月27日大年初三一过，被“封”在河南老家的孙俊坡再也坐不住了，可是村与村之间的路都被拦起来，徒步吗？他不是没想过。“初四时，区域经理在工作群里询问：有一车医疗物资需要紧急从北京送往武汉，有没有兄

弟支援?"孙俊坡回忆着，但当时他还在河南，因为封村堵路，他没有办法去北京。没赶上此次驰援行动的孙俊坡直到初六，才终于打听到有去北京的车可以捎他过去。

没敢跟年迈的父母说，也没跟妻子说，孙俊坡"偷偷"踏上了返京的路途，直到几天后身在武汉，他才跟妻子说出了实情。在采访中，记者问他："父母是否知道这件事?"孙俊坡用了"好像"一词："好像昨天妻子跟父母说了。"为了宽慰妻子，他在电话的这头说："放心好了，我会防护好自己的。"而另一头的妻子也说："家里你放心。"现在他的妻子一天要给他三四个电话，担心是肯定的，但他说："国家有难，我身为党员，应该站出来。"

孙俊坡接到的第一个任务是于2月2日运送一车医疗物资到武汉，第二个任务便是到东莞再运一车医疗物资返回武汉。在记者采访他时，他和他的车正在相关医药公司进行第二次消毒，每一次消毒约40分钟。

此前的1月28日，圆通北京公司已有一辆同样满载医疗物资的货车紧急开往武汉。直到记者截稿时，驾驶员依旧奔忙在"疫区"，每天两三趟，往返于武汉、黄冈、仙桃等地。

对于疫情的拐点何时出现、疫情的终点又在何时落下这样的问题，没有人能够给一个确定的答复，但孙俊坡已经做好了要打一至两个月仗的准备。“回北京的时间暂时定不了，我准备在疫情过去之后再回去。”他说。

以一个月八九趟的频率来算，之前孙俊坡与武汉相遇的次数多达四十多次，但每一次他都没有停下脚来细细品品这座城。第一次来武汉，是在2016年。那时候，他刚进圆通，也是因为工作，他在武汉停留了一天。虽然没有进市区，但也领略到大城市的风貌了，到处人来人往。如今，街道上除了运送物资的车辆，几乎看不到什么人。

“让他们快点好起来，好让国家正常运作。”像这样的话，孙俊坡不止说过一次。

与出发前想象的“严重”不一样，因为接触不到当地人，看不到人们脸上的表情，很少听到人们交谈的声音，稍许紧张之外却也没有太多害怕。“在遵守交通规则的前提下，我只是开好自己的车，让它能跑多快就跑多快，好把物资快速送到。”

为了减少路上的时间，孙俊坡把年前准备走亲戚买的年货搬到了车上，加上之前囤的火腿肠、方便面和奶茶，自己的后勤保障也不成问题，只是泡面吃多了，也颇为怀念服务区正常开放时的自助餐和面条。

圆通国际全面参与、积极响应菲律宾浙江商会驰援倡议

1月26日晚，菲律宾浙江总商会发布《关于驰援国内各地抗击新型冠状病毒疫情的倡议书》。《倡议书》说，近日国内多地发生新型冠状病毒感染疫情。听闻疫情持续发酵，多地出现医疗物资短缺，旅菲侨胞对此十分关注。目前，已有不少在菲华人社团彰显爱国爱乡的优良传统和精神风貌，积极捐款捐物，但是如何跨境输送物资到各受灾点，一直困扰大家。

关于援驰国内各地抗击新型冠状病毒疫情的

倡议书

近日，国内多地发生新型冠状病毒感染疫情。听闻疫情持续发酵，多地出现医疗物资短缺，旅菲侨胞对此十分关注。目前，已有不少在菲华人社团彰显爱国爱乡的优良传统和精神风貌，积极捐款捐物，但是如何跨境输送物资到各受灾点，一直困扰大家。

现菲律宾浙江总商会携手会员单位圆通速递（菲律宾）公司、菲律宾安马投资集团为侨胞慈善义捐提供积极协助，开通救援物资运输绿色通道，为在菲各大组织、机构及个人提供救援物资免费运输，支持祖国早日战胜疫情。

本会会员单位亚细亚物流菲律宾公司将在菲律宾设应急仓库，协助大家统一接收各项救援物资。届时请务必强调是救灾捐赠物资，携带好捐赠物资清单，并做好捐赠物品的清点工作。客服人员经核实后会统一登记入库。

全部捐赠物资将由圆通速递（菲律宾）公司统一运送回国，并经圆通速递已开通的绿色通道分寄到各疫区。

菲律宾浙江总商会：陈英姿（Lucy tan） 0917-8698988

菲律宾安马投资集团：蔡安（Andrew cai） 0917-1139999

收件地址:577 mh delpilar brgy panghulo Malabon

菲律宾浙江总商会宣布，携手会员单位圆通速递（菲律宾）公司、菲律宾安马投资集团，为侨胞慈善义捐提供积极协助，开通救援物资运输“绿色通道”，为在菲各大组织、机构及个人提供救援物资免费运输，支持祖国早日战胜疫情。

根据安排，总商会会员单位亚细亚物流菲律宾公司将在菲律宾设应急仓库，统一接收各项救援物资。全部捐赠物资将由圆通速递（菲律宾）公司统一运送回国，并经圆通速递已开通的“绿色通道”运送到各疫区。《倡议书》还公布了受理热线电话。

圆通国际海外筹集抗疫救援物资，开通绿色航运通道

国内抗击新型冠状病毒感染肺炎疫情工作，受到海外华人华侨的关注和支援。

圆通速递旗下圆通国际所属的圆通美国公司、圆通澳大利亚公司、圆通荷兰公司等均已在当地筹集到了包括防护服、护目镜、口罩等在内的抗疫救援物资和善款，并已开通境外救援物资运输“绿色通道”，优先向公益机构、医疗机构、企事业单位等当地有组织的救援团体开放。

圆通国际公布了受理海外物资援助的联系人、电话、邮箱，以及几大境外办事处的联系方式。

一天之内两架次！圆通航空专机运送海外物资驰援国内疫情防控

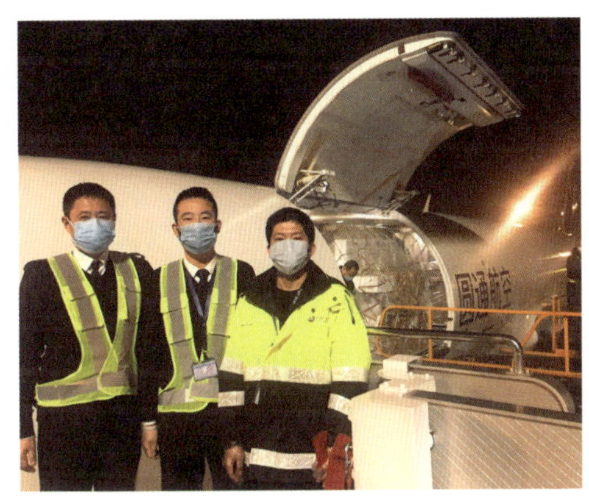

新型冠状病毒肺炎疫情发生以来，圆通全面开通抗疫救援物资"绿色通道"，旗下国内、海外两张网络持续运送、不断采购。此次圆通航空全货机的"参战"，意味着圆通参与疫情防控已是"三箭齐发"。

圆通航空成立于2015年6月，是中国民营快递业第二家货航企业，目前有B737、B757等全货机12架。作为邮政快递领域最年轻的航空公司，圆通航空这次冲锋在前、全力战"疫"的表现让人刮目相看。

1月31日晚6时57分，从越南胡志明市新山一国际机场起飞的圆通航空旗下一架B737全货机，率先飞抵重庆江北国际机场。机上的救援物资主要是150万只医用防护口罩和部分医疗器械，将捐赠给重

庆慈善总会并由国药集团重庆医疗器械有限公司负责收储。

另一架于韩国首尔国际机场飞来的圆通航空 B757 全货机则于半个小时后降落，运来的物资包含 78.2 万只口罩、2000 件防护服以及 1220 副护目镜等。

圆通航空此次对救援物资的运送系受重庆市政府委托。目前，圆通航空已对旗下飞机运力和人员配备进行统筹安排，以更高效地支持国内抗疫救援相关物资的运输，后续还将投入运力用于救援物资运送。

当下，全国正处于抗疫攻坚的关键时刻。圆通速递董事长喻渭蛟表示：“要始终牢记并践行圆通‘服务社会，强企为国’的社会责任理念，确保快递服务的畅通和安全，众志成城、主动担当，为打赢这场抗击疫情的阻击战作出更大的贡献。”

"三箭齐发"支援抗疫
——圆通航空专机运送海外华侨华企捐赠物资抵浙

2月5日上午9时10分，经过近3小时的飞行，受浙江省委统战部、浙江省侨办的委托，圆通航空旗下一架搭载着菲律宾华侨华企筹集的抗疫救援物资的B757全货机，从菲律宾马尼拉顺利飞抵杭州萧山国际机场。

同日，这批总量近2800箱的救援物资将由圆通速递开通的"绿色通道"，第一时间免费运送至国内疫情防控一线。据了解，这是第一架降落在杭州萧山国际机场的抗疫物资货运专机。至此，圆通速递旗下国内、国际、航空网络已"三箭齐发"，全面助力这场疫情防控攻坚战。

当日，浙江省侨办领导亲赴现场接机，指导物资出关转运，并对圆通速递及圆通航空在疫情防控物资运输中体现的大局意识和责任担当表示充分肯定和感谢。

全国新型冠状病毒感染肺炎疫情发生后，浙江省委统战部、浙江省侨办积极统筹海外华侨华企力量参与国

内疫情防控。由在菲浙江籍侨胞华企组成的菲律宾浙江总商会迅速响应，发布驰援国内各地抗击新型冠状病毒疫情的倡议书，广筹救援物资。同时，圆通速递及旗下圆通航空、圆通国际密切协同，迅速为海外筹集的救援物资开通免费的“跨境空运＋国内陆运”绿色通道。

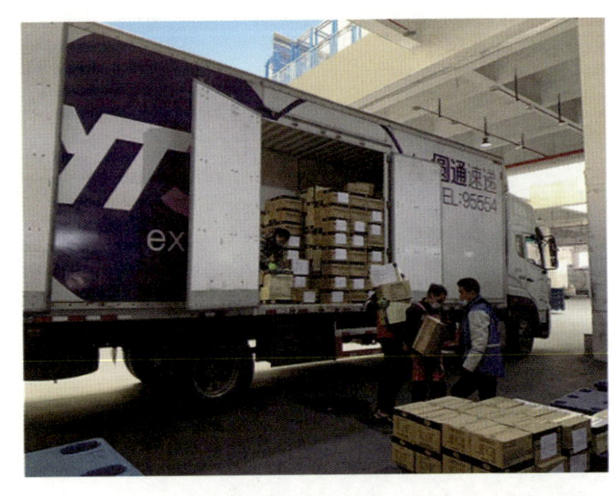

据菲律宾浙江总商会会长张红阳介绍，此次救援物资由菲律宾中国商会、菲华各界联合会、菲律宾浙江总商会等侨团和社会组织筹措，包括 200 余万只口罩及数万件防护服等，总重超过 17 吨，总货值近 1000 万元人民币。货物到达并清关后，即运至圆通杭州转运中心进行分拣操作，随后由圆通配送车辆直接运往国内疫情防控一线。据介绍，这批物资除运往目前疫情最为严重的湖北外，还将运送至浙江、广东、福建、四川等地的医疗机构和相关单位。

疫情防控是当下压倒一切的头等大事。圆通速递主动服务大局、强化责任担当，旗下国内、国际、航空三张网络全面助力疫情防控阻击战。截至目前，圆通国内陆运网络已往湖北疫情防控一线运送口罩、防护服、护目镜、消毒液等各类救援物资 200 多吨，国际网络从德国、澳大利亚、韩国等地采购多批紧缺救援物资捐赠给国内多地医疗机构、红十字会等，航空网络此前已分别从越南胡志明市、韩国首尔等地向国内紧急运送海外采购物资。

6 架次专机、55 吨物资！圆通航空驰援抗疫不停歇

2 月 6 日下午 16 时 30 分，一架从韩国仁川飞来的圆通航空全货机准时降落重庆江北国际机场，将数千箱紧缺的防疫物资运抵当地。至此，1 月底以来，圆通航空已累计投入 6 架次专机，将 55 吨救援物资从各地运抵抗疫一线，开辟出一条条驰援疫情防控的"空中走廊"。

从 1 月 31 日以来，分别受重庆市政府、浙江省侨办、义乌市政府等委托，圆通航空已从越南胡志明市、韩国首尔、菲律宾马尼拉、日本福冈、韩国仁川等地，将海外采购、募集的救援物资运抵重庆、杭州、义乌等地。

圆通航空总裁李鸿翔介绍，对每一次救援物资的空运，中国民航局、

各地民航监管局等都第一时间给予大力支持、协调。“现在，我们通常不到 3 天就做好了临时国际包机的准备，放在平时至少要几周。”据了解，圆通航空目前仍在积极配备运力和人员，以更高效地支持国内抗疫救援相关物资的运输。

面对疫情，圆通速递主动服务大局、强化责任担当，旗下国内、国际、航空三张网络全面助力疫情防控阻击战。

圆通航空连飞两架次，为“电商之都”义乌空运防疫物资

2月8日下午1时许，从日本福冈飞来的一架圆通航空全货机顺利降落义乌机场。与5日同一航线抵达的另一班全货机一样，圆通航空此次空运是受义乌市政府委托，两次空运一共为这个“电商之都”及周边地区运送了包括220万只口罩在内的近16吨抗疫救援物资。

圆通航空两次空运，缓解了义乌地区防疫物资短缺的情况，也将帮助应对即将到来的“三返”（返工、返校、返岗）高峰疫情防控新挑战。

新冠肺炎疫情暴发以来，圆通航空备足运力、积极协调，全面启动防疫物资空运。截至目前，已累计投入7架次专机，为多地运送救援物资近60吨。下一步，圆通航空还将飞行多条救援物资包机航线，为早日打赢抗疫攻坚战不断助力。

火线救援，圆通航空紧急运输15吨救援物资至武汉

2月9日晚8时许，经过近一个半小时的飞行，受浙江省卫健委及杭州市卫健委委托，圆通航空旗下一架搭载15吨抗疫救援物资的B757全货机从杭州萧山国际机场顺利飞抵武汉天河国际机场，这些物资将被迅速运至湖北武汉疫情防控一线。从接到委托任务到航班起飞的不到5小时时间内，圆通航空紧急调配、全力保障，使得此次驰援任务顺利完成。

9日上午11时接到浙江省和杭州市卫健委的委托函件，时间紧、任务重，加上航班的特殊性，圆通航空在第一时间得到了中国民航局运输司、民航浙江监管局的大力支持、协调。在距离航班起飞不足5小时时间内，在圆通航空总裁李鸿翔的指挥下，各部门展开运行保障工作：规划部、运行标准技术部第一时间解决航权时刻问题，快速获取各项批文；飞行部立即确定机组人员，由圆通航空运行副总裁、机长汤静晨亲

自带队，与另一名机长刘光忠一起，实行“双机长”执飞。

此外，杭州萧山国际机场也紧急帮助协调，在货物抵达机场之后，与圆通航空地服部一起，第一时间充分保障货物交运、装机等工作。

当日，民航浙江监管局副局长朱承辉、飞行标准处处长董剑鹏和运输处处长郭慧明赴现场指导物资转运，并对圆通航空在此次疫情防控物资运输中体现的大局意识和责任担当表示充分肯定和感谢。

“迎着破晓的第一缕曙光，驰援！”

“好的，我准备一下，随时可以出发！”2月9日，面对不到5小时就要飞武汉的临时任务，圆通航空机长刘光忠再次执飞，从杭州紧急运送一批救援物资支援湖北抗疫一线。包括这次任务在内，刘光忠已经执飞了三个抗疫救援物资航班。

他说，执行驰援任务，义不容辞。然而，当这样一个常常需要在夜晚飞行，与星星和朝霞相伴的夜航机长回忆起此次的“非常”任务时，你分明能看到他眼里满满的“光芒”。

“我们现在运送的可都是救命的东西！”

自全国暴发新型冠状病毒肺炎疫情以来，圆通全网第一时间参与疫情防控。总部设在杭州的圆通航空，多数飞行员均为外地人，无法第一时间赶到杭州执行这个春节临时增开的“驰援航班”任务。

这个春节，刘光忠没有回江西老家。在驰援任务下达的那一刻，刘光忠就打电话到公司，主动请缨。敬业的他还说：“幸亏春节没回去。”

1月31日，圆通航空受重庆市政府委托，从韩国首尔运输一批抗疫救援物资至渝。刘光忠来回12个小时，把货物安全送达，那是他执飞的第一个“驰援航班”。

“我知道很多同事肯定没办法很快赶到的，我就冲在前面了。”刘光忠说，每天在家看到疫情暴发和救援的消息接二连三地涌来，“能想到我们公司一定也会积极投入的”。

武汉的这次飞行让刘光忠印象深刻。2月9日，在接到任务后，每个人都毫不迟疑地全心投入。“感觉当时空气中都凝结着一股非常强的‘精气神’，‘岂曰无衣，与子同袍’，能执飞此次航班，我很自豪。”

这次任务，其实很不平常。机组人员第一时间赶到机场，与维修工程部的同事一同检查、调试飞机，做好起飞准备，确保安全和万无一失。

虽然跟之前的每次飞行一样，全程常规动作早已驾轻就熟，但刘光忠非常清楚，这次飞行，保障好救援物资的及时到位，对于此刻的武汉是多么重要。当飞机降落武汉天河国际机场的那一刻，刘光忠一直绷紧的神经才真正放松下来。

“现在我们运输的可都是救命的东西啊，我更是要打起十二分的精神去完成任务。”他说。

离星星和朝霞那么近，此刻他内心满是光芒

此前十多年，刘光忠一直都是执飞民航客机，转入圆通航空从事货运才一年多。在他看来，货航和客航的最大差别是作息不同。货运航班一般飞行时间都安排在夜晚。刚开始执飞夜航货机时，刘光忠每次临飞

前都会特意调整好作息时间。

“只有高度自律，才能高效完成任务。”刘光忠说。不过，他现在基本上已经习惯，即使是临时任务，也能保证充沛精力。

这种高度专业化的习惯和素质，让他面对棘手的任务也能从容不迫。2月5日，菲律宾的华侨华企在当地筹集近2800箱、总重量超过17吨的救援物资，需要运往国内支援疫情防控。受浙江省委统战部、浙江省侨办的委托，圆通航空承担了此批物资的运输。

刘光忠接到任务后，当日凌晨2点就从杭州起飞，凌晨5点多到达马尼拉机场，接着开始货物装机。在不到一个小时之后，航班再次起飞。经过近3个小时的飞行，满载物资的航班顺利返回杭州萧山国际机场。来回马不停蹄，刘光忠几乎没有一刻休息。

“在马尼拉机场，我几乎是全程看着一批批救援物资装上飞机的，当时我心里还是挺激动的。”刘光忠说他当时还拍了几张照片记录下那一刻。“有全国人民和海外华人华侨的同心协力，我相信武汉一定能挺过去。”

作为“夜航机长”，刘光忠习惯了与星星和朝霞相伴。但他说，从马尼拉飞回来那次，他坐在驾驶舱内看到那一缕清晨的曙光，内心还是忍不住激动起来。那一刻，这曙光有些特别、有些不一样。

战“疫”还在继续，刘光忠的“驰援航班”还需飞行。他说，这些特殊时期的光荣故事，将成为他铭记一生的宝贵回忆。

"快递空军"驰援温州！
圆通航空已为五地空运 120 吨防疫物资

2 月 16 日 19 点 45 分，受浙江省温州市慈善总会委托，经过近 7 个小时飞行，圆通航空旗下一架 B737 全货机从越南胡志明市新山一国际机场出发，经停柬埔寨金边国际机场，顺利抵达温州龙湾国际机场。此次航班搭载的包含 120 万只口罩和其他医疗用品在内的近 6 吨防疫物资已紧急支援温州疫情防控一线。

截至目前，圆通航空已累计执行 13 架次航班，从日本、韩国、菲律宾、越南、柬埔寨等地将近 120 吨的疫情防控物资运达包括杭州、重庆、武汉、义乌、温州在内的国内城市。

2 月 12 日晚，圆通航空接到温州市慈善总会的委托函件，需要将越南和柬埔寨当地华侨华企捐赠的防疫物资运输回国。虽然金边和温州机场都非圆通航空通航机场，没有驻站人员，缺少该机场的运行和保障经验，但在中国民航局运输司、民航浙江监管局、民航温州监管局、温州龙湾机场的大力支持下，圆通航空第一时间组织运力调配、快速获取各项批文、制定各种风险控制和应急处置预案，最终顺利完成委托任务。

值得一提的是，为全力保障此次任务，圆通航空派出两套资深飞行机组执飞航班，除了由一名机长带队执飞之外，同时还委派一名经验丰富的放行工程师跟机，全程“护航”。

12小时内两架专机驰援武汉！圆通航空国际国内“并驾齐飞”，助力抗疫

2月19日20时35分，圆通航空一架从南宁飞来的全货机降落武汉天河国际机场，运来496箱、近7吨防疫物资。40分钟后，另一架搭载着178箱、近2吨防疫物资的全货机从兰州飞抵武汉。这是继2月9日从杭州驰援武汉之后，圆通航空再次投身湖北疫情防控。从接到委托任务到航班起飞不到半天时间，圆通航空紧急调配、全力保障，使得这两次空运任务顺利完成。

19日上午8时和9时30分，圆通航空先后接到广西和甘肃卫健委的委托，帮助当地前往武汉的医护人员运送医疗物资，要求在当天完成运输任务。圆通航空快速有序地开展工作，及时获取航权时刻和在南宁、兰州两个机场的运行资质，抓紧配备运力及机组人员。中国民航局运输

司、南宁机场和兰州机场都在第一时间给予大力支持。

同样在19日，在圆通航空的国际航路上，还有另外一架防疫物资货运专机从海外飞抵国内。18时58分，8吨物资从韩国首尔仁川机场运抵我国长沙黄花国际机场，助力湖南疫情防控工作。

“时间紧、任务重，一天之内需要在国内、国外多地组织协同、连续调配，确实是对我们运行实力和综合保障能力的考验。”圆通航空总裁李鸿翔说，“从疫情暴发以来，圆通航空第一时间全心投入抗疫驰援，提早对旗下飞机运力和人员进行统筹安排，确保了每次物资运输任务的圆满完成。”接下来，圆通航空同样时刻准备、全力以赴，担当好在这场疫情防控战役中“快递空军”的职责。

圆通航空连续完成抗击疫情重大航空运输任务，位列民航货运企业第一

2 月 21 日，中国民航局发布《“抗击疫情，驰援武汉”重大航空运输信息》(第 1 期)。

信息显示，在国务院疫情联防联控机制的统一部署下，1 月 24 日至 2 月 20 日，民航局通过重大航空运输机制，共组织协调 28 家国内航空公司执行各省市医疗队驰援湖北、接回滞留海外湖北籍旅客和运送各类医疗防疫物资等航空运输任务 316 架次。

数据显示，圆通速递旗下圆通航空已完成 8 架次民航局重大航空运输机制安排的防疫物资运送任务，在邮政快递民营货航企业中处于领先地位。

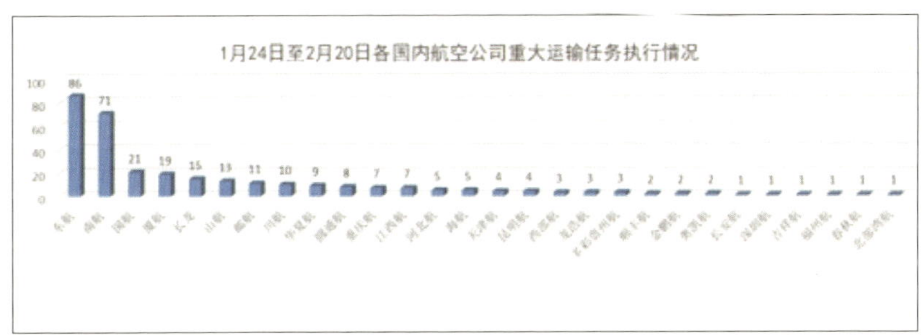

（来源：中国民航局统计数据）

重大航空运输是中国民航局制定的应对突发事件的长效机制，曾服务过我国多个重要活动及紧急事件。在今年抗击疫情过程中，执行民航局重大航空运输任务的除了各大国有、民营民航企业，还包括邮政快递领域的货航企业。在抗击新冠肺炎疫情过程中，航空货运凸显出不可替代的快速、安全、高效等优势。

除执行民航局重大航空运输机制安排的驰援武汉包机任务外，截至

2 月 22 日，受多地政府、慈善组织等委托，圆通航空还出动 15 架次全货机执飞国际航线，顺利从东京、福冈、首尔、胡志明市、马尼拉、金边、伊斯兰堡等国外多地将累计 134 吨的抗疫物资运送回国，支援疫情防控。

圆通航空“领命”起飞，运输中国政府援助菲律宾防疫物资，助力全球战“疫”

3 月 21 日凌晨 2 时许，圆通航空旗下一架 B757 全货机从杭州萧山国际机场起飞，5 点 30 分顺利降落菲律宾马尼拉国际机场。此次航班搭载的 10 万只医用外科口罩、1 万只医用 N95 口罩、10 万人份检测试剂和 1 万件医用防护服等防疫物资，是中国政府对菲律宾疫情防控一线的紧急支援。

3 月 20 日，在收到国家国际发展合作署综合司来函委托后，按照中央应对疫情工作领导小组决策部署，中国国家民航局决定由圆通航空来执行此次任务。

圆通航空在接到此次光荣任务后，运行控制中心、飞行部、规划部等各部门第一时间展开运行保障工作，确保此次任务安全顺利完成。

据圆通航空总裁李鸿翔介绍，自新冠肺炎疫情暴发以来，圆通航空多次执行民航局组织的防疫物资包机任务，其中包括对武汉地区的四次紧急驰援运输。此外，受多地政府部门及各慈善组织委托，从马尼拉、胡志明市、东京、福冈、首尔、金边、伊斯兰堡等海外多地将防疫物资空运回国，为中国疫情防控工作助力。截至 3 月 21 日，共执飞防疫物资航班 21 架次，运送物资近 200 吨。

“一方有难，八方支援！现在疫情蔓延到海外多个国家和地区，我们理应互帮互助，义不容辞地为全球战‘疫’贡献应尽力量。”李鸿翔说。

圆通航空工作人员在这批捐赠物资的包装箱上看到白底红字标贴，上面印着一个红丝带图案，图案下方写着“中国援助 CHINA AID,FOR SHARED FUTURE（为了共同的未来）”。

“看到这样的字样，我心里颇为激动，为能参与执行此次任务而感到自豪。”圆通航空工作人员说道。

据相关媒体报道，菲律宾外交部部长洛钦与中国驻菲律宾大使黄溪连在机场会面，进行物资交接。在移交现场，黄溪连与洛钦一同表示，中菲两国兄弟情深，应并肩作战。此次中方捐赠物资将送往菲律宾各家医院。

圆通航空被点赞！
国务院联防联控机制发布会聚焦货运航空

“圆通航空公司执行防疫物资航班 84 班，承运防疫物资超过 422 吨，其中，使用 B757 全货机将 11 万只口罩、10 万人份检测试剂、1 万件医用防护服等防疫物资运抵菲律宾，支援当地疫情防控工作。”3 月 29 日，在以“提升国际航空货运能力，稳定供应链”为主题的国务院联防联控机制新闻发布会上，国家邮政局政策法规司司长金京华为圆通航空抗击疫情的行动点赞。

自 2020 年 1 月 31 日起，截至 3 月 26 日，圆通航空执行各层面的抗疫包机任务共 84 班，包括国家层面通过民航“重大办”机制安排的武汉包机航班 8 班，国务院国际合作署海外包机 2 班、应国外大使馆请求安排的海外包机 4 班、省市各级政府及商会海外包机 70 班。

发布会上，中国民用航空局发展计划司二级巡视员张清介绍，民航局将按照国务院统一部署，以“优环境、补短板、调结构、强供给”为战略导向，与有关方面密切配合，从加大市场主体培育力度、完善航空货运枢纽网络布局、提升航空物流信息化水平、优化航空货运营商环境等方面协同发力，为国家经济社会发展提供有力支撑。

国家邮政局政策法规司司长金京华介绍，国家邮政局将坚决贯彻落实国务院常务会议的决策部署，加快发展快递空中网络，提高国际航空货运能力，促进国际物流供应链体系建设。主要抓几个方面的工作：一是联合民航局开展国际邮件快件航空网络布局的研究；二是配合有关部门，推进以货运为主的机场建设；三是推动快递企业和境内外民航企业加强合作；四是推动完善政策环境，加强货运航线、航班时刻等资源保障。

3 月 24 日的国务院常务会议强调，要采取有效措施，提高我国国际航空货运能力，增强物流国际竞争力。尤其要对疫情期间国际货运航线给予政策支持，鼓励航空货运企业与物流企业联合重组，支持快递企业发展空中、海外网络等。

未来圆通航空将进一步提升国际航空运输能力，在服务跨境电商、促进贸易转型等方面贡献力量。

三

“岂曰无衣，与子同袍”

——爱心捐赠

圆通向浙江温州和嘉兴两市捐赠 10 万只口罩

2 月 5 日，圆通速递向温州市捐赠 10 万只口罩，并通过圆通“绿色通道”专车送达温州市疫情防控工作领导小组办公室，用于支援当地抗疫。

2 月 6 日，圆通速递向嘉兴市红十字会捐赠 5 万只口罩，并通过圆通“绿色通道”专车送达，用于支援当地抗疫。

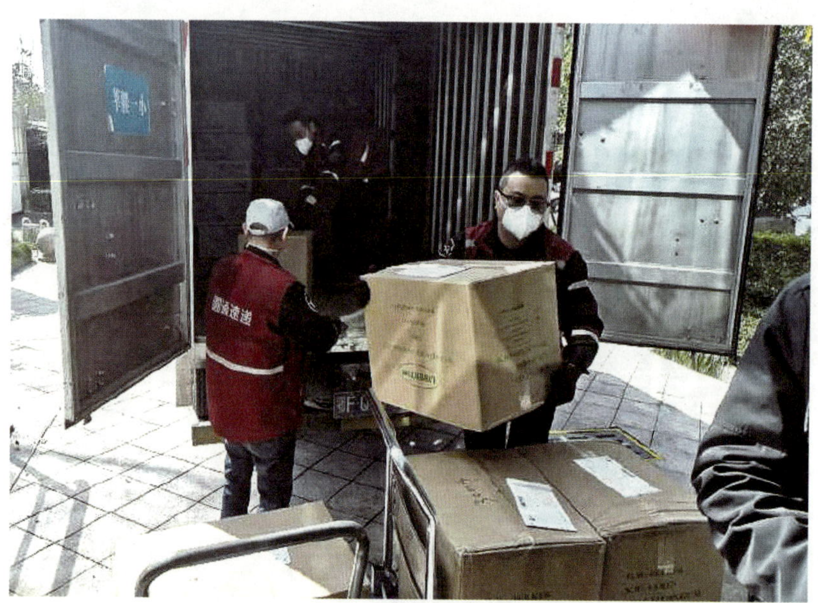

圆通向杭州市红十字会捐赠11万余件救援物资

2月4日上午，圆通速递在杭州向杭州市红十字会捐赠两批次共计11.1万件疫情防控救援物资。圆通从国外采购的首批6000件隔离服和5000只N95口罩已于当日运抵杭州，从国内采购的10万只医用口罩将于5日运送至杭州市红十字会乔司备灾仓库。

在捐赠现场，杭州市副市长王宏向圆通速递颁发"人道博爱奉献奖"荣誉牌。圆通速递副总裁叶锋代表公司接牌。他介绍，疫情防控是当下头等大事。作为一家上市公司，圆通服务大局、主动担当，通过救援物资采购捐赠、免费运送等方式积极参与疫情防控。圆通的根在浙江、在杭州，希望能为家乡打赢疫情防控阻击战助一臂之力。

王宏在现场对圆通等企业的大局意识和责任担当表示充分肯定和感谢。他叮嘱杭州市红十字会党组书记、常务副会长魏丹英："要快、要快，尽全力把防疫物资送到一线。"杭州市红十字会工作人员当场将圆通捐赠的这批物资装车，运往杭州医疗机构和相关单位。

圆通向上海捐赠30余万件防疫物资

2月6日下午，继此前捐赠首批5000只N95医用口罩后，圆通速递的物流车冒雨将第二批20万只一次性医用口罩捐赠至上海市疾控中心。新型冠状病毒感染肺炎疫情发生以来，圆通速递积极助力抗疫阻击战，向上海捐赠的医用口罩等救援物资已超过30万件。

此前，圆通已向上海市青浦区、华新镇等政府部门以及华山医院等医疗机构捐赠N95医用口罩、一次性医用口罩、隔离服等各类医用救援物资9.8万件。

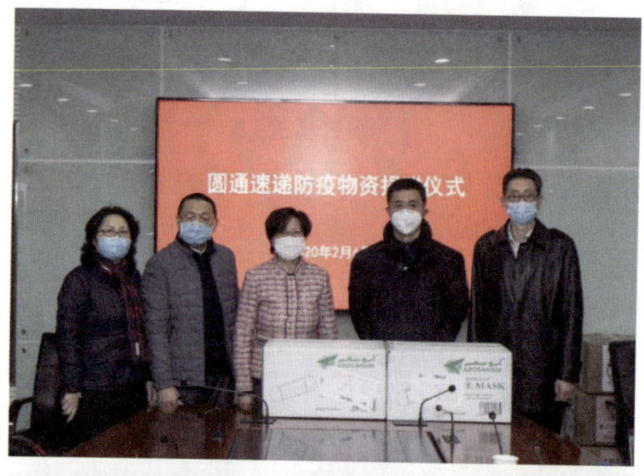

6日下午，在上海市疾控中心仓库，圆通的工作人员很快将20万只口罩卸车、入库、登记。上海市卫健委党组书记黄红表示，在疫情防控的关键时刻，圆通的义举体现了企业的大局意识和责任担当，“向你们表示真诚的感谢”。

圆通速递副总裁叶锋转达了圆通速递董事长喻渭蛟

对奋战在疫情防控战线的上海医务工作者的崇高敬意，“疫情防控是当下压倒一切的工作。作为总部在上海的民营企业，圆通更是有责任为坚决打赢这场艰巨的阻击战贡献力量”。

持续助战！
圆通向河北省政府、陕西省红十字会捐赠抗疫物资

2 月 12 日、13 日，圆通速递分别向河北省政府、陕西省红十字会捐赠包括口罩、医用手套等在内的数十万件抗疫救援物资，为当地疫情防控工作助力。

这批物资由圆通国际韩国子公司从韩国首尔采购，通过航空运往国内之后，由圆通总部统筹，由圆通国内陆运网络开辟的驰援疫情防控“绿色通道”送达上述两省。圆通西北大区总经理章小平、河北省区总经理方松明作为公司代表，第一时间将物资送往两省的受捐地。

“圆通发挥物流快递企业优势，充分利用覆盖全球的网络节点，采购专业医疗物资支援国内抗疫一线，为国家疫情防控工作贡献了力量。”在两地的捐赠现场，陕西省红十字会党组书记、常务副会长关居正，河北省工信厅副厅长徐科华都对圆通在疫情防控期间体现的大局意识和责任担当表示赞赏。

圆通爱心捐赠源源不断

2月15日，圆通华南大区向广东东莞市清溪镇人民政府捐赠口罩1万只；圆通黑龙江省区向黑龙江省政府捐赠口罩1万只。

2月16日，圆通江苏省区向南京市慈善总会捐赠口罩1万只。

2月21日，圆通河南省区向所在辖区前程办事处和派出所进行爱心捐赠：向前程办事处捐赠口罩7500只、医用手套8000双，向派出所捐赠口罩2000只、医用手套2000双。

圆通云南省区捐赠 5 万只医用外科口罩支援抗疫

3 月 9 日上午，云南省委、省政府应对疫情工作领导小组指挥部举行捐赠签约仪式。圆通云南省区无偿捐赠 5 万只医用外科口罩，以支援云南省疫情防控工作。同时，还将为抗疫物资运送、援鄂医护人员及家属提供免费快递邮寄服务。

新冠肺炎疫情发生以来，云南省委、省政府坚决贯彻落实党中央防控工作全国“一盘棋”部署要求，举全省之力支援湖北省。云南省卫健委自 1 月 26 日接到国家调派医疗队通知后，至今已派出 7 批医疗队和 4 批防疫队共计 1156 人支援湖北。

一方有难，八方支援。面对疫情防控中的服务保障压力，圆通速递勇担社会责任，积极与口罩厂家联系，紧急调集一批医用口罩支援云南省的疫情防控工作，并要求圆通云南省区发挥企业自身优势，服务配合好疫情防控工作。

仪式上，圆通云南省区副总经理费波向云南省委、省政府应对疫情工作领导小组指挥部物资保障组组长浦丽合移交捐赠物资清单；云南省委、省政府应对疫情工作领导小组指挥部对口支援保障组组长和向群与圆通云南省区总经理杨超签订服务协议书，并转交感谢信。

据悉，此次捐赠的物资将通过云南省委、省政府应对疫情工作领导小组指挥部物资保障组，第一时间运送到云南支援湖北省抗击新冠肺炎疫情一线，缓解医疗队在疫情防控中的服务保障压力。

你们好暖！圆通全网踊跃捐款，为抗疫献爱心

新型冠状病毒肺炎疫情发生以来，圆通充分发挥企业优势，主动担当、服务大局，全力投入疫情防控救援物资和人民生活必需品的运送工作中。与此同时，圆通全网在圆通党委书记、董事长喻渭蛟的带领下，积极开展抗击疫情爱心捐款活动，以实际行动支援疫情防控工作。此次，圆通全网共有近 400 名党员、3000 多名入党积极分子及普通群众参与了捐款，捐款总额近 40 万元。

大家用点滴爱心、拳拳情谊聚集起的支援疫情防控的强大正能量，让“德善圆通”的形象得以彰显。

在浙江

一方有难，八方支援。疫情之下，圆通浙江省区领导和员工心系抗疫一线，开展线上捐款，用实际行动支援疫情防控工作。截至 3 月 9 日，在省区总经理马小龙的带领下，浙江省区共有 170 名领导及员工累计捐款近 7.3 万元。

此外，圆通浙江海宁分公司（以下简称“海宁圆通”）捐款 3 万元人民币，用于支援海宁市新型冠状病毒感染的肺炎疫情防控工作。与此同时，海宁邮政管理局、共青团市委、海宁市志愿者协会联合海宁圆通组成海宁市疫情防控突击队，向海宁市各乡镇卡口运送防疫物资。

“在这个特殊时期，希望能为社会贡献出自己的一点力量。”海宁圆通负责人陈新照说。作为海宁市快递企业协会会长，陈新照还多次主动帮助当地政府运送防疫物资，以实际行动彰显担当和社会责任。

在上海

疫情无情人有情。为助力打赢这场无硝烟的战争，在圆通上海区总经理朱继红的带领下，圆通上海区积极组织开展抗击疫情爱心捐款活动，以实际行动支援疫情防控工作。截至3月7日，圆通上海区共筹集捐款10250元。

献出爱心，点亮希望。朱继红对参与此次募捐的圆通上海区各级领导和所有员工表示感谢。"是你们的募捐让大家感受到更多这个社会的温暖和团结的力量。"

在北京

2月29日，在圆通华北大区第一党支部书记、圆通华北大区总经理吴益林的带领下，圆通华北大区第一党支部联手圆通北京公司（以下简称"北京圆通"）党支部，在员工中发起抗疫募捐活动。此次募捐活

动共有近千名员工参与，募得爱心款 3 万余元。

高华是北京圆通的一名维修工，2014 年入职的他，是一名“老圆通”了。疫情期间，他担负起了为整个办公区和生活区消毒的工作。看到他每天背着沉重的蓝色喷水壶、身着白色防护服为大家的安全做最好的防护，北京圆通的同事们都亲切地称他为“白衣天使”。捐款当天，他在做好第一次全区消毒之后，也主动来到捐款现场奉献爱心。高华说：“爱岗敬业人人有责，为抗击疫情奉献一分力量也是我们的义务。”

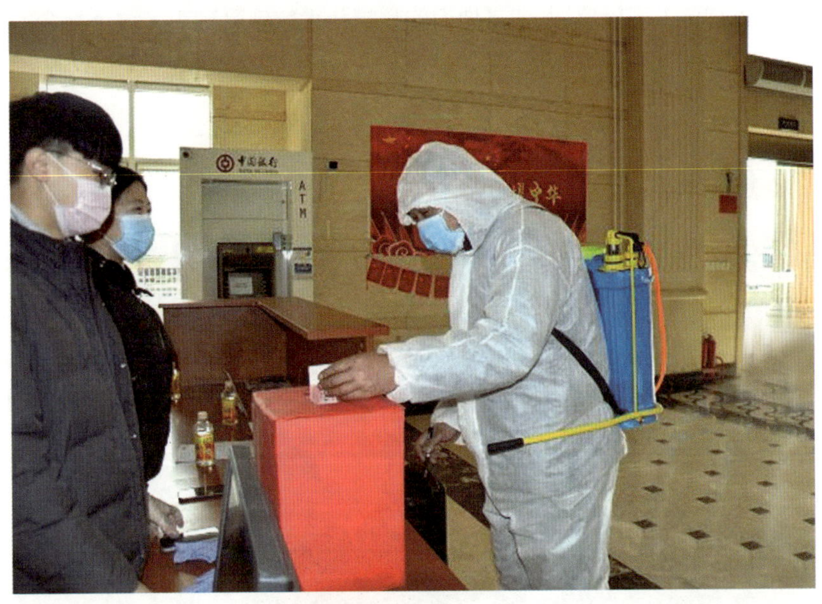

在河北

2 月 28 日，在省区总经理方松明的带领下，圆通河北省区号召全体员工为抗击新型冠状病毒疫情进行爱心捐款。圆通河北省区各职能部门、圆通石家庄转运中心、圆通肃宁转运中心以及圆通邯郸转运中心积极响应，截至 3 月 2 日，捐款金额共计近 1.5 万元。

在贵州

2月27日，圆通贵州省区党支部召开2月组织生活会，大家谈起这次抗击新型冠状病毒疫情的艰难，纷纷表示想通过支部为疫情防控献出自己的一点爱心。在党支部书记陈荣潮的带领下，大家纷纷捐款，共捐赠疫情防控爱心款近4000元。

在黑龙江

2月11日，圆通黑龙江五常分公司在得知五常市卫生局防疫物资紧缺的情况后，公司领导及员工主动捐款近4万元，购买了6000瓶医用消毒液，第一时间捐赠到五常市红十字会。

圆通速递

“要把发展和信心挺在前面”

——复工复产

2 月 10 日开始，圆通的快递小哥更忙了

在抗击疫情的当下，“全民宅家”为社会作贡献的同时，也有越来越多的快递小哥逆向而行。

2 月 9 日，圆通总部向全网下发《关于疫情防控期间全面提升快递服务保障能力相关措施的通知》，推出了五条“扶网络、抗疫情、保服务”的关键举措，保人员和生产安全、保运营和服务质量，全方位赋能助力网络，为网络全面恢复运营打下了基础。

一年之计在于春，一日之计在于晨。2 月 10 日一大早，在圆通总部、各管省区、转运中心及加盟网点，在做好人员防护、保障场地安全的前提下，返岗员工们都精神饱满地投入到工作中去。圆通小哥们也愈加忙碌起来，把防疫物资和生活必需品送到客户手中，带去一份温暖和信心。

上海徐汇光启园分公司

辽宁大连市开发区分公司

广东清远新城分公司

吉林长春市南关区分公司

吉林敦化分公司

浙江省区

江苏省区

山东蓬莱分公司

广州科学城分公司

广州白云区大源分公司

湖南长沙万家丽分公司

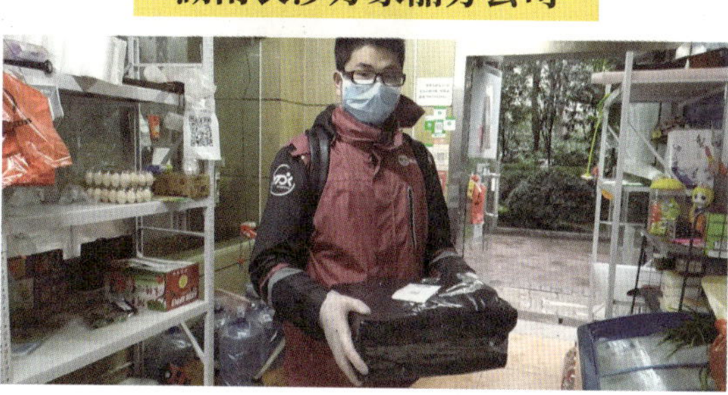

“尽早营业，更好服务居民”
——妈妈驿站为你的包裹“遮风挡雨”

随着圆通全面恢复正常业务，圆通妈妈驿站也逐步开门营业。截至 2 月 17 日，在做好场地消毒及人员安全保障的前提下，全国已有上万个妈妈驿站开启服务。

疫情之下，除了日常消毒、日测体温等常规措施之外，圆通妈妈驿站为客户特别提供的“线上扫码寄取”服务以及在这个特殊时期体现的爱心责任，给社区居民带来了安全、安心的快递终端体验。

圆通广州科学城妈妈驿站早在 2 月 6 日就开始营业。从那之后，工作人员每天都早早到岗，戴好口罩、手套，认真做好门店和包裹的消毒工作，以确保站点防疫安全。

站长贺炜表示，虽然相比往年同期，快件量明显减少，但现在正值特殊时期，加上不少小区也都实行了严格管控，妈妈驿站作为社区服务基础设施，还是想尽早开业，确保居民防疫物资和生活必需品及时送达。

贺炜提到了他们恢复营业后为客户特别提供的“线上扫码寄取”服务。据他介绍，客户现在来驿站取件，甚至都不需要进店，因为店门口的窗玻璃上贴有专门的取件码，客户在门外扫码后将取货码告知店员，

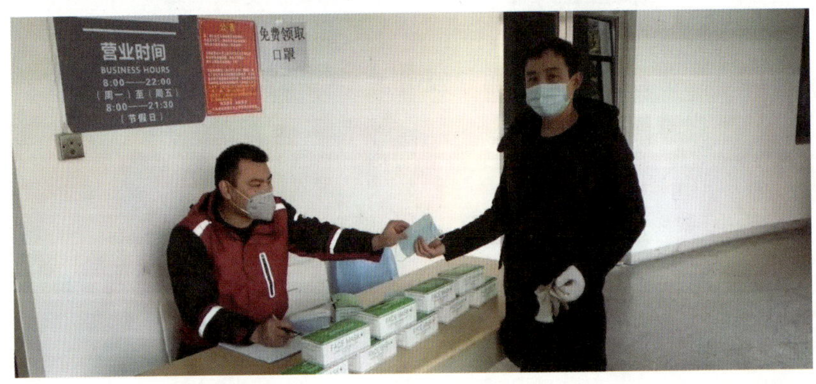

店员再根据取货码帮客户取件即可。

与此同时，客户也可以拍照存下此二维码，在需要寄件时，在家里就可以扫码填好信息，然后放到驿站门口，让店员将其面单贴好，整理寄出。

“这样的服务确实减少了我们很多顾虑。”刘先生是科学城妈妈驿站的“常客”，疫情发生以来，他很少出门，每隔几天出来采购生活用品时，贺炜的妈妈驿站就成了他必到的点。“他们采取的‘特殊’服务挺让我放心的，每次来还能顺便买些东西回去，也挺方便。”

疫情防控时期，各地严格的交通管制让许多地方的物资运输遇到了不小挑战，偏远地区更是如此。在辽宁阜新蒙古族自治县，这里的妈妈驿站承担着许多县辖属乡镇的快递寄送服务，但因为疫情的缘故，乡镇道路对社会车辆进行了限制通行。

为了尽快解决乡镇居民的生活物资供需问题，妈妈驿站的工作人员主动与阜蒙县防疫指挥部进行积极沟通，经过多次协调之后，终于获得了通行证。

在上海松江区茸北的达丰生活区，这里的妈妈驿站整个春节都没有休假，坚持为附近许多上班员工服务。

我愿意为你和你的快递遮风挡雨！
温馨提示
避免与呼吸道患者密切接触。
避免近距离接触野生动物或活牲畜。
不要随地吐痰。
出门戴口罩，勤洗手。
咳嗽或打喷嚏时捂住口鼻。
将肉蛋彻底做熟。
向一线工作的医护人员致敬！
团结一致/抗击病毒/美好明天
抗/击/新/型/病/毒
从/你/从/我/做/起

驿站负责人张朋告诉我们，站员们每天都会佩戴好口罩、手套，驿站两个小时就会进行一次消毒。“我们还会用视频和广播的形式对来取件的客户进行防疫知识宣传。”

驿站还特别筹集到了一批口罩，免费赠送给到店取件的客户。“当然，没戴口罩的人，我们是不允许进入站点的。”张朋说。

是责任让我们无法回避，是使命让我们必须前行

2 月 15 日，武汉下大雪，圆通武汉汉口长丰分公司快递小哥丁锋兵小心翼翼地在雪天的高速路上开车，雪花还在天上飘，给他的车穿上了白衣。

在大连西北部，辽东半岛西侧有着“长江以北第一大岛”之称的长兴岛，因为疫情和暴雪，出岛交通全部瘫痪，海岛上一片萧瑟景象。圆通大连长兴岛分公司的快递小哥们一刻也没得闲。全体员工上路义务清雪，用 4 个多小时的汗水换来道路的畅通。

足不出户，市民就能买到新鲜的平价蔬菜。圆通速递甘肃张掖分公司（简称“张掖圆通”）为甘州区二十多万市民开通了一条蔬菜专线。

新冠肺炎的疫情波及这个甘肃名城。张掖圆通与政府合作，从市场直采蔬果，为周边居民按原价配送至家中。

据了解，此举也是为了降低人员流动，让市民可以在线上通过“黄豆果蔬”小程序下单，由圆通的快递小哥送到小区门口隔离点，

实现“无接触配送”。既方便了市民生活，也降低了疫情的传播风险。

服务上线四天以来，每天有四十多名圆通小哥为近千家住户送去新鲜的果蔬，好评如潮，客户们纷纷表示“送货及时，价格低，蔬菜新鲜”。

不仅是在疫情期间提供服务，张掖圆通负责人闵杰表示，公司会长期将此“菜篮子工程”运营下去，帮助郊区的农民实现收入增长，为城市居民生活提供便利。

疫情让海南果农遭遇“销售难”，阿里联合圆通来助销

2 月 10 日晚，首批两万余件、72 吨的海南蜜瓜、贵妃芒、桥头地瓜分别从海南的海口、东方、乐东等市县装车，随后通过圆通发达的网络，直达北上广等地订户家中。新冠肺炎疫情让海南瓜果陷入销售困境，

阿里联合圆通，线上线下联动，助力破解难题。

眼下正值海南水果丰产季。但往年不愁卖的各类鲜甜瓜果，却因新冠肺炎疫情遇上了年后春“劫”——瓜果熟了找不到客商来收购，多地严格的交通管制也让运输成了难题。

受海南省政府委托，自2月5日开始，阿里天猫电商为海南瓜果开辟线上销售渠道，同时联合圆通速递在安全作业前提下紧急开通海南至北京、上海、广州三大城市的绿色运输专线和末端派送服务。

负责该项目运输总协调的圆通网络运营中心总经理王勇介绍，目前各地企业已经全面复工，各地抗疫救援物资运输也仍在继续，车辆、人员相对吃紧。加上疫情影响，海南很多瓜果产地对车辆进出也有特殊要求。“这个项目时间紧、任务重，在海南省政府的协调支持下，公司克服困难，迅捷高效地统筹资源，确保运输和派送的顺利进行。”为保障运送任务，圆通在统筹海南省内车辆资源基础上，还专门从圆通广州转运中心借调近10辆车。

不到48小时，经过2600多公里的加紧驰援，15吨海南蜜瓜就通过阿里联合圆通速递开辟的“助农战‘疫’”绿色运输专线送到了北京消费者的嘴边。“放在平时，最少也得花上三天时间，现在是疫情期，不到两天时间确实算快的了。”圆通市场营销中心的相关负责人表示。

“我们快一点，果农损失就少一点。”2月13日上午10点左右，在圆通北京顺义区高丽营网点，戴上口罩和手套，做好

各项防疫安全措施后，快递小哥张泽明骑上三轮车去给附近居民送凌晨刚到圆通北京转运中心的海南蜜瓜。

因疫情防控，小区禁止进入，物业在大门口设置了"快件区"。张泽明先跟收件人一一打电话沟通，经同意后，将快件整齐地放在"快件区"，完成"无接触派送"后离开。

"疫情期间，'无接触派送'是为了更好地服务客户。"张泽明说，这几天送件量明显增多，但毕竟还在疫情期，还没有恢复到去年同期水平。

接下来的一至两周之内，预计将有累计 3.75 万吨的海南瓜果通过圆通陆运网络车辆陆续运输至三大城市的圆通网点，并派送至订户家中。王勇说，北上广的圆通网点派送会严格遵照各地政府要求，做好入库入柜等交验工作，实现"无接触派送"。据他介绍，除先期开放北上广外，后续将不断扩大目的地城市范围。

“非常时期，理解！你们辛苦了！不急。”

从 2 月初开始，为保障业务正常运营，满足疫情期间居民对生活物品的需求，圆通根据行业特征及工作需要，采用灵活工作机制，逐步恢复生产经营。

在这个“特殊”的春节期间坚持派件的快递小哥，受到客户的理解和感谢。圆通哈尔滨新世界分公司的小哥为客户送件，客户发来短信要求放置楼下即可，并夸小哥：“非常时期，理解！你们辛苦了！不急。”

圆通广东清远新城分公司为保证客户购买的相关抗疫救援物资和生活用品第一时间寄达，春节期间（从 1 月 25 日大年初一开始）一直坚持派件。据分公司负责人胡胜介绍，为保证收派员能及时派件，分公司在员工返岗前做足了防范措施，提前配备了口罩和红外感应体温计，并定时对公司操作场地、办公场地等人员密集的场所进行消毒，制定了突发情况处置预案。

圆通广州科学城分公司在春节期间，每天为客户寄送千余票生活用品，为保障安全，根据政府要求，都安排到小区门口自提。办公场所每天消毒，小哥们都戴口罩，进出都会消毒。

圆通深圳区日均派件量 4 万余票，主要为生活物品，小哥们的体温每天都要检测两次。

在圆通上海区，已经有 120 家分公司复工，每天为客户寄送五千票左右的医疗用品。

已经恢复正常运营的圆通各管省区每天都会对场地消毒，为小哥做好防护。

此外，圆通全网有三千多家分公司主动为超过 13 万名业务员投买圆通保险部最新上线的“新型冠状病毒保险产品”。圆通总部还开启了线上培训课程，加强对转运中心、加盟商和快递员等业务一线人员的培训，推广公司研发的先进管理、运营工具和信息系统，提升其业务素质。

众志成城，携手并肩，圆通将全力以赴，与社会各界一起共同努力，为坚决打赢这场防疫阻击战作出更大贡献。与此同时，也为送好客户的每一份快件持续努力。

“无接触寄件”，圆通裹裹快递小哥们与客户的心却更近了

在全国疫情防控的特殊时期，快递小哥就像城市的毛细血管一样，将防疫物资送往抗疫一线，连接起了千万包裹与千家万户，传递着美好与期待。

虽受疫情影响，但就像许多快递小哥一样，在按照要求佩戴好口罩、手套，做好防护措施之后，圆通裹裹业务员们此时也选择“逆流而上”，为在菜鸟裹裹和圆通行者客户端上下单寄件的客户提供服务。

下面，我们就来听听圆通裹裹业务员们讲述他们在疫情防控下的“开工故事”。

“无接触寄件”，心却离得更近

福建福州市福兴网点　裹裹业务员　徐尚利

虽然现在很多小区实施了严格的出入管理，大多数都不允许快递小哥进入，但客户们都很友好，很配合地把需要寄出的包裹送到小区门口来，临走的时候还跟我们道谢，交代我们说做好防护，保护好自己，那一刻心里真的挺暖的。

广东东莞市横沥网点　裹裹业务员　林亮亮

我还记得不久前的开工第一天，我来到第一个客户家门口，客户打开

门后，小心翼翼地把包裹递给我，我叫她先把快件放在地上，离远一些。我走上前用酒精喷雾对快件喷了几下，之后也对着自己的双手喷了喷，再拿起快件准备走。

这时客户说：“快递师傅，现在非常时期，你还能过来收件，而且防护措施做得这么仔细，辛苦了！”我说:“应该的，做好预防措施，对大家都好！”客户点点头说:“看到你们这么细心，我们也更放心，谢谢你了！”

广西南宁市琅西网点　裹裹业务员　吴兴江

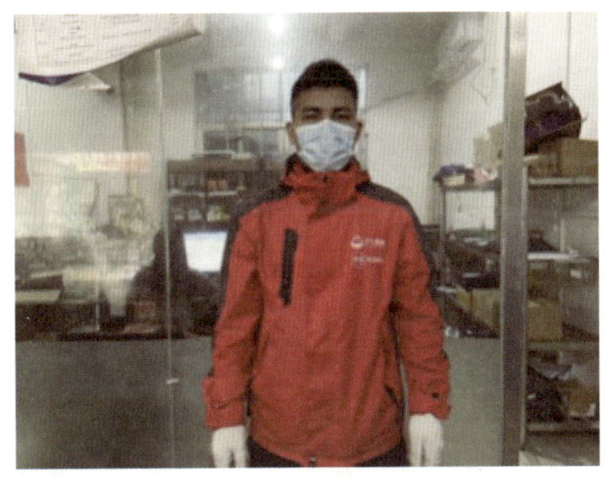

2月3日，我们开工了，公司人不多，双手洗一遍，口罩上的夹条压压紧，出发。说实话，心里还是有些忐忑。路上已无往日的喧嚣，没什么人，车也不多，加上阴雨不断，让人增加了几分不安。

为减少接触，我开始有意识地“无接触收件”，临走时客户的一句“谢谢，注意安全，做好防护”让我瞬间感到温暖。疫情并没有我们想象中的可怕。

内蒙古呼和浩特市中山网点　裹裹业务员　李晓望

对于从事快递工作近四个年头的我来说，第一次面对蔓延全国的肺炎

疫情，说实话，开工前确实会有一些担忧。但2月10日复工后的第一单就让我心安了不少。

当时那家客户的小区已经不允许快递员进入了，我站在小区门口，心里还在想，客户如果不愿意下楼或者不方便下楼怎么办。忐忑间拨通了客户电话，客户一下子就表示特别理解，并让我稍等，马上下楼。

几分钟之后，一个戴着口罩的小女孩拿着一个包裹来到楼下，对我说："叔叔，妈妈让交给您的。"拿了包裹后，我对小女孩说了一声："谢谢，赶快回家，注意安全！"这个时候，小女孩从自己兜里拿出一颗糖，对我说："叔叔你吃糖，妈妈说你们很辛苦，更要注意安全。"

那一刻我的心里突然触动了一下，眼角湿润了。这个孩子的一个小举动、一句话就是对我们最大的理解，也是对我的工作最好的肯定。再次启程，感觉这个因为疫情萧条了许多的城市突然变得明亮而温暖。

大家都能发挥光和热，就能早点迎来"太阳"

甘肃庆阳市平子镇网点

裹裹业务员　雷向楼

我是一名"90后"。肺炎疫情持续蔓延，除了干快递本职工作之外，我也做起了志愿者工作：义务加入一线执勤队伍，帮助社

区制作防控疫情宣传标语、横幅，帮忙装点防控疫情宣传车，驾驶宣传车，提醒附近居民做好疫情防范等。

重庆市南岸区二部网点　裹裹业务员　黄友平

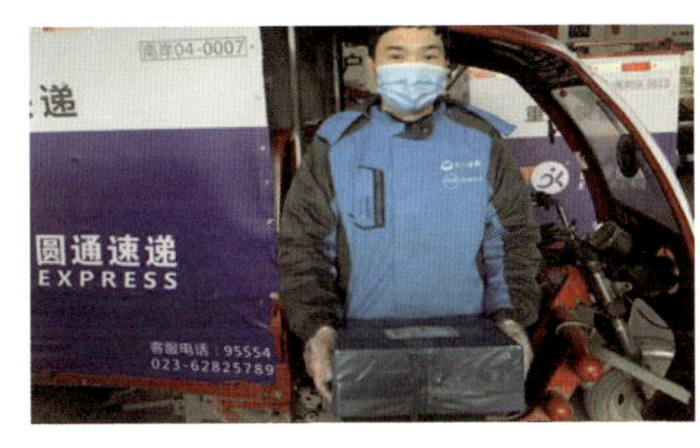

虽然现在送件量比平常减少很多，收入也减少了，但是方法总比困难多，而且疫情期间为大家服务、做好工作，我觉得更多的是一种责任，我想这也会是我人生中比较难忘的经历。

在外跑了这么多天，疫情并没有我们想象中的可怕，心态也平稳了许多。我坚信，疫情很快会过去，一切都会好起来，而且会越来越好。

我们做不了白衣天使，做不了武汉的逆行者，我们能做的是在自己的行业里，在自己力所能及的范围内，在保证安全的前提下，为社会作出一点贡献，发出自己的光和热！

喻渭蛟缘何点赞？圆通小哥在武汉马不停蹄为市民跑腿送菜

“您好！我是圆通速递，为您购买的蔬菜水果已经放在小区门口了，方便的话，您可以来取一下，谢谢！”一一给客户打完电话之后，圆通武汉黄浦分公司快递小哥李兵栋就马上开始在手机上确认下一个配送地址，因为马上就要驶向下一个小区了……

戴着护目镜和口罩，奔波于武汉市内各小区之间，基本一天得五六趟，这就是李兵栋现在每天的日常工作。“我经常跑得浑身湿透，不过还得接着干，大家都等着吃饭呢！”他说。

客户要求，圆通使命。圆通董事长喻渭蛟在了解到湖北尤其是武汉的圆通小哥们在这个特殊时期的主动担当、尽力尽责之后，为他们的行动点赞，号召圆通全网向他们学习。

在严峻的疫情形势面前，武汉市内各小区基本都实施了封闭式管

理，日常生活必需品采购成了困扰居民们的“头疼事”。在武汉市政府的委托下，从2月20日开始，圆通在武汉的近30家分公司除了持续为市内各大医院运送防疫物资之外，还每天为武汉市内130个小区的居民配送蔬菜及其他生活必需品。一天下来，圆通小哥们基本都是五六趟来回，配送数千件蔬菜水果。

何於贤是圆通武汉武昌火车站分公司负责人。腊月二十九(1月23日)才回到老家准备过春节的他，在武汉暴发肺炎疫情之后，第一时间从襄阳市保康县的家里独自驱车回到了武汉。从大年初三拿到车辆通行证后，他就一直坚守在战“疫”一线。一开始是为各医疗机构运送防疫物资，春节的时候，有好几次因为晚上找不到地方加油，困在高速服务区过夜。

现在何於贤则是两头跑，一边继续运送防疫物资，一边为武汉市内居民送蔬菜。

每天早上不到8点，李兵栋、何於贤等一批圆通小哥就已经等在武汉各大超市门口，跟超市的工作人员一起将生活物品根据对应小区进行一一分类，然后送到各个小区，协助小区工作人员将蔬菜放在小区门口，打电话通知客户下楼取货。

“再苦再累我也会坚持下去，疫情一天不停我就不会停，绝对不能让一线等不到防疫物资，绝不能让大家没有新鲜蔬菜吃。”何於贤说。

据圆通湖北省区总经理张善建介绍，目前在武汉，圆通联动十余个商家，通过政企合作、社区团购、B2C 同城配等合作模式开启社区生鲜保供，为武汉市民的“菜篮子”保驾护航。这种在特殊时期诞生的“蔬果专线配送”业务新模式，有效解决了紧急情况下居民的生活需求，让大家在特殊时期也能吃到新鲜平价菜、放心菜。

“真是帮了大忙了，既能吃到新鲜好吃的蔬菜水果，又能避免去超市跟太多人接触，价格还挺公道，让我们买得踏实放心。”武汉市民王先生说。

自疫情发生以来，圆通积极响应党和国家号召，第一时间驰援包括武汉在内的湖北疫情一线。在圆通总部的统筹安排下，圆通湖北省区更是在这个特殊时期发挥了不可替代的重要作用。截至目前，圆通湖北省区各分公司已往湖北省内 200 家医疗机构、慈善组织等运送防疫物资 320 车次，近 300 吨。

不仅不能被困难吓倒，还要把快件送得更好

现在全国不少地方的疫情都趋于稳定，但路上的车辆行人仍没有恢复到往日那么多。可无论什么时候，路上总少不了的就是快递小哥的身影。他们一手做好防疫，一手加速复工。在这样的特殊时期，或许您的包裹还没有到您手中，或许您寄出的东西迟迟还未送到。请您耐心等待一下，我们一定会尽力而为，与您共渡难关。

他送来的不仅是快递，还有战“疫”防护指南

“90后”雷向楼，是圆通的一名快递小哥，也是一名战“疫”志愿者。

最近，当雷向楼的快递车在甘肃庆阳市平子镇各村之间行驶时，村民们发现车身上多了一些显眼的宣传标语——“戴口罩，勤洗手，不给病毒可乘之机。”“预防千万条，口罩第一条，健康第一位，不要吃野味。”

面对汹涌而来的新冠肺炎疫情，从1月25日开始，甘肃庆阳市平子镇网点负责人雷向楼除了坚持做好快递服务之外，志愿加入当地村镇的一线战“疫”执勤队伍，自编自制宣传标语、横幅，张贴在自己平时送快递的车上。

热心宣传之余，雷向楼只要一有空，就会去村口的防疫站点进行站岗、排查登记。经常顾不上回家吃饭，他就用泡面、矿泉水对付一下。

“送快递都挺忙的，我也习惯在外简单对付了，但在这个时候能主动帮帮大家，一起做好防护，也是在帮我自己。”雷向楼说，“况且，我还年轻，现在村里大多都是老人和小孩，这种事让我来。”

虽然年纪不大，但雷向楼也是一名“老快递”了。在家乡平子镇成立快递网点后的七年时间里，除了收发快递之外，通过“快递物流+电商助农”模式，最近两三年，雷向楼已经为当地村民累计销售农产品

56 万多斤，增收近 40 万元。

肯干、肯拼，抓住农村电商机遇，是雷向楼的“经营”之道。此外，他的一副热心肠不仅体现在战“疫”期间的志愿服务中，更体现在平时的诸多细节里：为村民免费进行苹果专用包装，每次都帮助村民装箱、装车等，提供更优质的服务。

2015 年，圆通甘肃庆阳平子镇网点被纳入“国家电子商务示范点”，2017 年被圆通庆阳市分公司评选为“最佳助农贡献网点”，2019 年，雷向楼荣获“庆阳市首届最美快递员”称号。

“这个时候，怎么能当逃兵？”

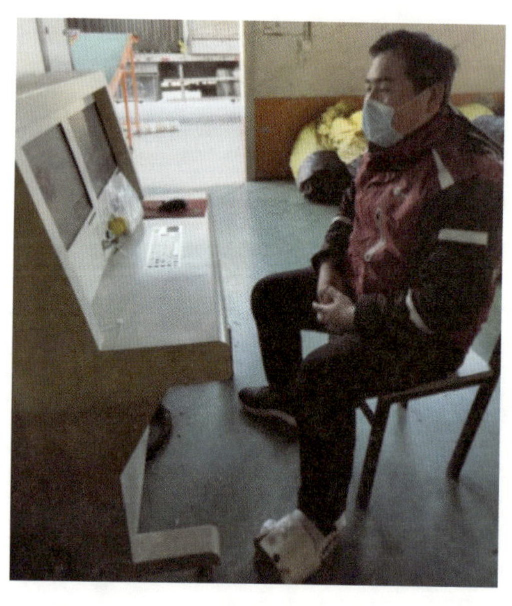

圆通河北保定定州市分公司的张建会，在春节前夕不慎扭伤脚踝，却一直坚持带病工作。公司领导好说歹说，他才抽空去医院拍了个片子，诊断结果是骨裂。

本想利用春节假期在阜平老家好好休养，但疫情突然出现，此时公司可能急缺人手，身为部门主管的他，2 月 3 日带着脚伤从老家赶回了公司。之后他就一直吃住在公司，每天瘸着腿忙碌操劳。

“我经常打球跑步，身体结实着哩。而且现在是特殊时期，本来就缺人手，作为部门主管，如果我都不在岗，让手下的员工们怎么看我，这不是当逃兵吗？"

张建会的"吃苦敬业"不仅体现在这样的特殊时期，在2017年升为部门主管之前，干了三年快递员的他，连续三年在自己的片区创造"零延误"的奇迹。他总说："干一行就要爱一行，做快递员就应该尽全力让每一位客户满意。这是我的工作，也是我的责任。"

在张建会看来，越是像现在这样的"困难"时期，才越要显现出一个男人的责任感和担当精神。"疫情来了，我觉得自己更被需要，更要为公司、为客户做好工作。"张建会坚毅地说。

“没有比人更高的山，没有比脚更长的路”
——两天两夜，他走完 170 公里“返岗”路

新型冠状病毒肺炎疫情一直在持续，不少务工人员的返岗复工路仍然面临重重困难，但依然有很多人毫无怨言、毫不犹豫地在第一时间回到了工作岗位。“没有比人更高的山，没有比脚更长的路”——疫情之山再高，战“疫”者都能将它越过；复工之路再长，奋进者都能将它走完。只要那股劲头始终在，我们一定会尽早迎来全面的胜利。

1 月 29 日（正月初五），离初八越来越近了，蒋谢发的心早就飞到了 170 公里之外——那是他上班的地方，初八是公司年前通知的节后返岗时间。

新冠肺炎疫情发生后，很多地方的火车、大巴都停运了，没有私家车也不会开车的蒋谢发，发现自己被“困”在了家里，他一天比一天着急……

今年 62 岁的蒋谢发是圆通江苏南京栖霞马群网点的一名卸车员。过年前，网点业务主管告诉他，正月初八是公司开工的日子。从离开公司的那一刻，蒋谢发就在心里默默地记住了这个日子，想着要赶在初八前回来。他没有手机，家里也没有安装电话，所以一定得记牢。

蒋谢发的老家在浙江湖州农村，家里比较困难。村子里像他一般年纪的老人基本都不出来干活了，他却还要为生计外出打工。

离返岗的日子越来越近了，就在 29 日早上，老人做了一个决定——从老家走回南京的公司去。

“我当时心里就在想，这份工作我已经干了两年多了，一个月能拿到近 5000 元的收入。我很珍惜，它让我的日子有了更多的盼头。无论如何，我得回去上班。”老蒋说。

可当他说出“走回去”的决定时，家人都觉得他“疯掉了”，极力劝阻：

“晚几天去不行吗？这么远的路程啊！”

“对啊！现在又是疫情，说不定公司已经决定延期复工了，您没有手机，所以没办法第一时间通知到您。”

“不管怎样，公司肯定会理解的。您年纪这么大了，路上有个好歹咋办啊？”

……

——“走之前，公司就明确说了要初八到岗，我当时已经答应了，就要做到。”

蒋谢发丝毫没有动摇自己的决定，反而宽慰家人说：“你们放心，我身体还好着呢，今年冬天连个感冒都没得过，没问题的！”没办法事先查好需要走多久的路，蒋谢发只靠着经验给自己准备了一些路上吃的干粮。

1 月 29 日下午 4 点多，他出发了。刚一离开家的时候，蒋谢发步子迈得很大，他回忆说，他当时还挺兴奋的，意气风发的感觉，甚至是一路小跑走完最初的一段路。

天渐渐暗了下来，蒋谢发的步子也慢了下来。天黑之前，他得想办法找到过夜的地方。住宾馆，他是万万舍不得的，而且因为疫情的关系，路上到处都是关门闭户的。最终，路边小饭店旁的一个简易塑料棚引起了他的注意——“虽然简陋，但棚是完好的，这就足够啦！”

就在这个简陋的塑料棚里，蒋谢发靠在角落里眯了 4 个小时，算是度过了一夜。

没有比脚更长的路。蒋谢发说他虽然读书不多，但也知道“愚公移山”的故事。“我没有‘移山’那么大的本事，也没有山神会来帮我，我只能靠自己的双脚了。”一路上，蒋谢发不停地鼓励自己，往前迈一步，离目的地就近一步。

1月31日，正月初七，下午5点多，南京栖霞马群网点比往年这个时候安静不少，公司到岗的员工并不多，但此时，已经走了两天两夜的蒋谢发，到岗了。

“啊！老蒋，你回来了？”网点业务主管看到灰头土脸的蒋谢发，显得分外惊讶，“现在的情况，是可以晚几天再来的，我们还在想办法通知到你，没想到你就回来了。”

“我一直记着是初八到岗，不能说话不算数的，我走路回来的。”蒋谢发拖着沉重的双腿一边往里走一边回答。业务主管一脸的不可思议，快步上前搀扶住他，一时间也不知道说什么好，“这太让人感动了！真不容易啊！”

蒋谢发笑了笑，虽然双脚生疼，但他还是轻描淡写地说了句：“没事的。”晚上脱了鞋才看到，双脚都起满了泡。

公司同事后来一查，告诉老蒋，他靠双脚走过来的这段路，总共有170公里。

“别人我可能没办法相信，但你说老蒋，我觉得他真能干出这事来。”蒋谢发的同事潘辉说，“他真的挺能吃苦的。”

2月1日，正月初八一大早，老蒋回到了网点的卸车场，准时开始了新年第一天的工作。

复工复产，物流先行！圆通联合新浪为滞销农产品打通出路！

随着抗击疫情战役的进一步深入，保供应、促民生，成为全社会关注的重点。

为了更好地帮助中小农户与生鲜商家解决农产品的销售问题，2 月中旬，新浪微博与圆通速递共同发布《日月同天，战疫助农——共建“保供联盟”通道倡议书》，宣布开通全国农副产品“绿色通道”，全面开放物流、运营等职能；与此同时，借助新浪微博上媒体机构、大 V 博主宣传推广的力量，以及渠道方、农品采购商的营销能力，让这些优质的生鲜产品更快速地送达用户手中。

凭借强大的快递物流网络，圆通目前在持续为全国众多中小农户与生鲜商家“保驾护航”。

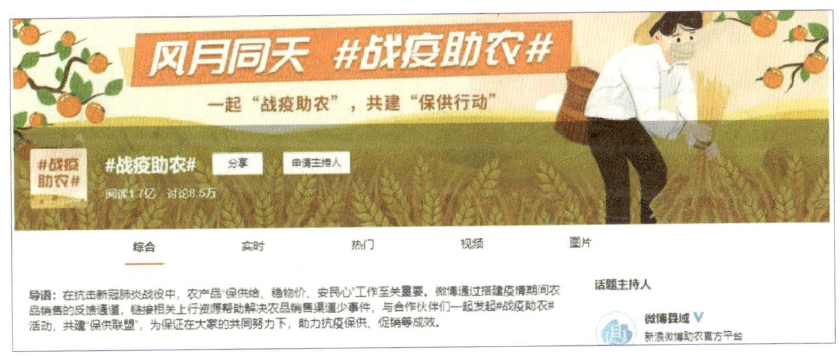

不仅帮忙运，还帮忙卖——圆通帮助解决城市居民与农户“两头难”

苹果、草莓、鸡蛋……在抗击疫情的关键时期，通过线上平台购买蔬菜水果成为很多城市家庭所需。然而，面对蜂拥而至的订单，又受制于疫情、交通等相关因素，本就对时效、流转效率要求极高的生鲜供应链面临很多不确定性，不少地方的农产品出现销售困难，而不少城市居民又不得不面临买菜难、买菜贵的问题。

这样一来，城市居民的“菜篮子”与农户的“销售路子”一下成了“两头难”。

圆通、新浪微博联合一批电商公司组成线上购买联盟，保障送货服务；另一方面联动蔬菜水果生产种植企业、农户及当地网红，提供生鲜产品产地“直采直销”服务，搭建起“产地推广＋物流运输”双管齐下的模式，助力农产品上行。

例如，在安徽砀山县，圆通通过“外包装＋内包装＋填充物”等一站式解决方案，为当地水果特产之一——砀山酥梨提供专门化时效寄送服务，做到全程保鲜，为全国各地订户送去新鲜的酥梨。平均每天都有万余件的酥梨从这里运出，解决了受疫情影响而出现的农产品滞销问题。

当地一位愁苦了许久的农户，看着砀山酥梨线上增销，脸上也开始有了笑容：“真的非常感谢圆通。因为这次疫情，之前的一些销售渠道暂时都断了，但是现在你们既帮我卖梨，又帮我送梨，真是太感激了！”

“网红直播”＋“特色农产品”销售，圆通“创新”助农

据悉，眼下不仅在安徽，在四川江油、山东聊城、广西桂林等地，圆通都在积极为当地滞销的农产品提供物流服务。值得一提的是，圆通合作的“巧妇九妹”“山药女神”等农产品营销直播网红，也都在持续为受疫情影响的农产品进行宣传推广。

眼下疫情防控进入关键期，农产品物资供应的需求还会持续增长，再加上现在看“网红视频直播”的消费者群体特征，对物流时效提出了较高的要求，圆通的战“疫”助农计划将会延续成为常态化产品，为农产品供应提供专项推广和运输保障。同时，通过合作联盟的商流助力，

帮助滞销农产品拓宽销售渠道。

据圆通创新业务部总监曹远介绍，圆通近两年联合电商平台、网络内的加盟商，在特色农业服务等方面已经做出了较多的“创新”：一方面，在内部不断通过资源整合、面单升级、前置发运和路由优化等方式，为全国各地的特色农产品提供快递服务；另一方面，创新业务部创立的主要目的之一，就是嫁接“网红经济”和“特色农产品”销售，通过网红直播的方式，提供“物流＋商流”一体化服务，打通农产品全产业链，推动高品质物流服务普惠亿万消费者与小农商家。

当收寄包裹成为全民“小确幸”时，快递“90后”撑起一片天

2020年，第一批“90后”进入而立之年。在这场与时间赛跑、与病毒较量的战斗中，“90后”已然成为一股青春力量，践行着自己的使命和责任，守护着大家的健康和安全。

“您好！您的快递到了！”——相信这是现在很多人期待听到的一句话。疫情期间，很难见到这句话背后的那一张张戴着口罩的面孔。这些面孔中，就有不少“90后”。

他们或许没有什么惊天动地的义举，他们或许并不是你眼中的英雄，他们只是在自己平凡的工作岗位上做着平凡的事。然而，在这个特殊时期，当收寄包裹成为全民的“小确幸”时，他们正冲在抗疫驰援和复工复产的一线，为大家的生活“保驾护航”。

保持乐观，共渡难关
——“这个时候，戴着口罩也要多笑笑！”

2020年2月1日，圆通速递上海徐汇区之俊大厦分公司（以下简称“之俊大厦圆通”），在负责人——“90后”张利香的指挥下，率先复工。

“除了4个湖北的同事‘出不来’以外，我们全员都返岗了！”张利香说。

虽然快递业受疫情、交通和上游行业的复工情况影响，公司业务还没有完全恢复，但他手下的业务员们都在一如既往地为送好客户的快件奔波。

张利香介绍，从早几天开始，之俊大厦圆通服务范围内的数个小区已经允许快递员进入。当然还是要进行“无接触式”投递，放在快递柜或是家门口。

十一年前，18 岁的张利香从合肥老家来到上海“闯天下”，成为一名圆通快递小哥。一开始他每个月只有 500 元的底薪加业务提成，可短短半年之后，他的月薪就翻了好几倍。

“刚开始就想多挣点钱，即使骑车送一天件，腿都累得发抖，数着挣到手的钞票也是很开心的。”张利香说。2015 年，他正式接手了之俊大厦圆通，当起了快递小哥身后的快递“大哥”。

无论是对待手下的业务员，还是面对客户，“爱笑”是张利香管理和经营的“法宝”。在外，张利香总用真诚的微笑面对他人，因此也打动过不少客户。“见你每天对我笑呵呵的，我都不好意思不用圆通。”这是不少客户对张利香说过的话。

张利香的乐观精神，也一直感染着他手下的许多“90 后”业务员。来自湖北襄阳的曾兆阳就是其中一位。当了两年的援藏军人之后，曾兆阳 2018 年入职之俊大厦圆通，当起了快递小哥。为了多挣些钱，今年春节，他没有回湖北老家，选择留在上海值班。

从春节开始，曾兆阳就一直在揽派件，几乎没有停过。“没想到这次疫情这么严重。我爸妈都还在湖北，好在他们都还安全，等疫情结束了，我想做的第一件

事就是——回家抱抱他们！”

“我们张经理最近对我们说的一句话让我印象很深刻。”曾兆阳说，“他交代我们，‘现在大家都戴着口罩，连客户的面都见不上，但我们即使是打电话，只要笑起来，电话那头一定也能感受到’。”

在曾兆阳看来，当兵的经历也影响着他，让他更清晰地认识到工作的责任和使命，也认识到，面对困难，乐观积极最重要。

业务员的努力、实干，和大多数客户的理解，打消了张利香的很多顾虑。“相信疫情阻击战能早日迎来胜利，我们的业务一定也能尽快恢复的。”张利香说。

克服困难，迎头赶上——“大不了从头再来！”

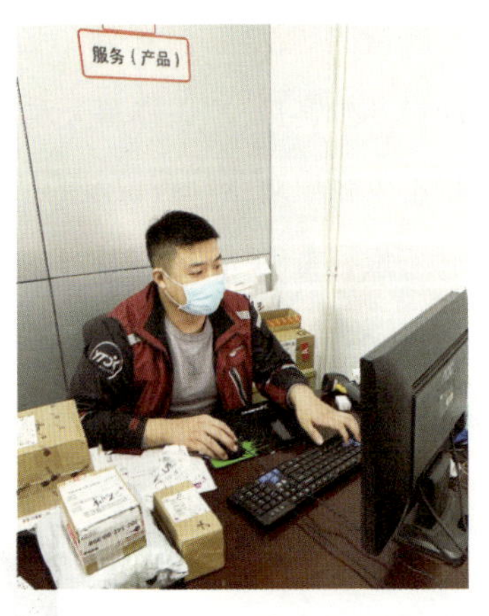

2月9日，圆通上海静安区石门二路分公司迎来了全面复工。克服了前半个月人员还没完全到位的困难，负责人刘浩说，现在公司收支基本持平了。

过年期间，刘浩就已预估到了接下来复工可能面临的困难形势。除了第一时间安抚业务员，稳定“军心”，让大家保证好服务之外，刘浩还主动联络客户，真诚地跟他们讲述困难，希望客户们多理解、体谅，尽可能保证业务“不主动流失”。

更重要的是，在圆通总部政策的扶持下，刘浩还申请到了总部发放的15万元无息贷款。“这真的对我们复工提供了很大帮助。这样我们心里更笃定了，去谈客户的时候也有了依靠！”

现在的这个“难关”让刘浩想起了两年前他刚接手这个分公司时的

情形。那时候已经在圆通总部工作了八年的他，经过再三思考之后，决定跳出原来的“舒适圈”，把几乎所有积蓄拿出来，包下石门二路圆通经营权，去直面不断变化的市场环境。

“那个时候，我就想过可能会失败。”刘浩说，“可这年头，有哪个年轻人还想做‘温水里的青蛙’？大不了从头再来！现在也一样！”

可刚当上老板不久的刘浩，就碰到了不少难题。光是找场地，就接连遭遇“被人投诉”“看中的地方被其他人先定下来”这样的窘境。“当时我也是破釜沉舟了，反复去找现在这个场地的业主，用诚心打动他，最后关头他终于答应租给我了。”

干了两年多，刘浩越来越能自如地应对困难和挑战。他说，凭的就是他相信自己，相信自己当初决定要出来干的那份勇气与决心。现在面对突如其来的疫情，他的信心未减。

“我早就准备好了口罩、消毒水等物资，保证公司业务员们所需，也给自己提前做了心理建设。再加上总部各项支持，我相信一定能早日渡过此次难关。”

做足准备，坚守到底——“这个时候，我们不能停下来！”

郑红光是圆通上海杨浦控江路分公司（以下简称“控江路圆通”）的负责人。1 月 31 日，公司员工就开始陆续返岗。郑红光也早早地从山东老家返沪，准备着复工的各项事情。他一边给每个员工打电话了解情况，一边筹备口罩、消毒水等防疫物资。

“许多员工返沪后都要隔离半个月，作为他们的‘老板’，我肯定要坚守在这里为大家复工做好准备。”郑红光说。这个时候人手紧缺，郑红光就经常自己给场地消毒或亲自去派件。

父亲早逝，作为家中长子的郑红光，早早挑起了家庭重担。五年前，他从山东临沂乡下跟着哥哥来到上海，进入圆通开始了一段打拼生涯。作为外乡人，郑红光回家的机会比较少，在上海也没有太多的朋友和业余生活，工作几乎就是他的全部。

还记得前几年，有天晚上，一个客户有份紧急的快件需要寄送，就找到了郑红光。老小区光线不足，他爬楼梯的时候不慎摔落，脚部粉碎性骨折。医生让他在家至少休养三个月，但他想："不工作就没了收入，为了家人，为了客户，我都不能停下来。"不顾公司和家人的劝阻，一个月之后，他就回到了工作岗位。

"现在这个时候，我也会用这句话勉励自己，虽然业务量相比往年的这个时候减了不少，但活儿还是得干好，件一定得送好！"郑红光说。在这个特殊时期，根据总部的扶持政策，郑红光也对手下的业务员采取了灵活机动的考核方法。

坚毅的小伙给人稳重踏实的感觉。因为前期做了许多准备工作，郑红光手下的返岗员工每天工作得都很踏实，即使在疫情期间也能全力投入工作。

张利香、刘浩、郑红光，他们是圆通"90后"，他们是快递"90后"，他们的人生梦想跟着快递生根发芽，一步步向前。在这个时候，更是克服了种种困难，迎难而上。

平时，他们是可爱的年轻人，穿上工服，他们就是大家美好生活的守护者；平时，他们是快递行业的奋斗之鹄，在这个特殊时期，他们就是新时代的新青年。

这里有圆通小哥进小区投件了！你那里如何了？

随着疫情防控形势逐渐向好,“让快递员进小区”的呼声也越来越高。

在3月6日召开的国务院联防联控机制新闻发布会上，国家邮政局副局长刘君表示，已经有超过一半的省份出台政策，允许快递员在测量体温正常后进入小区进行“无接触派送”投递服务。国家邮政局也已部署各地邮政管理部门主动协调地方政府，加快落实国务院常务会议决策要求，努力排除“最后一百米”的障碍和堵点，集中解决好快递员进小区的现实问题。

消息传来，圆通的快递小哥们十分高兴。“国家一直在帮我们积极呼吁，上海不少小区现在都开放了。”沈军说。他是圆通上海普陀区桃浦新村分公司的一名快递小哥，他所服务的几个小区，这几天陆续都对快递小哥开放了。

在沈军看来，之前小区不让进，小哥们只能在大门外等候，或是放在小区门口临时搭起来的棚子里，不仅工作效率低下，而且小哥放快递、客户找快递，这样“扎堆”反而更容易产生传染的风险。相反，如果根据小区的防控要求，做好登记、测试体温正常后，小哥们进入小区将快递入库入柜，或是按客户要求放在家门口，不但可以分散人流，对小区居民肯定也会便利很多。

“特别是现在小区里的老人，如果买的是大米、油或是其他重物，你让他们从小区门口拎到家里其实是很费劲的。条件允许的话，我们当然还是尽量帮他们送到家门口。”沈军说。

据沈军所在的分公司负责人王广军介绍，现在公司服务范围内只有一个小区暂时还不允许快递小哥进入，其他都可以正常出入了。“整个地区的派送服务几乎恢复到疫情前的正常水平了。”

在上海的徐汇区龙华地区，圆通小哥史荣辉是较早一批被允许进入小区派件的。现在，他负责的龙华西路附近五个小区都可以进入小区内进行投递了。据史荣辉介绍，龙华那一片多是老旧小区，快递智能柜和驿站并不很多，史荣辉现在每天要派送 400 余票快件，按照客户要求，其中 300 多件都是要送上门的。

“现在一般都是与客户沟通好放在家门口，进行‘无接触派送’。也有些客户会打开家门直接面对面拿。”史荣辉说，“疫情还没完全平息，但为了服务好客户，肯定还是进小区更方便。只要做好相关防护措施，就不会有什么问题的。”

“现在生活还真离不开快递，现在小哥们能进小区了，免得大家下楼扎堆取件，真是既方便又安全。”客户黄女士说。

事实上，早在 3 月 3 日，上海市防控办地区组和交通口岸组就发布通知，明确投递员在正确佩戴口罩、出示绿色随申码并经检测显示体温正常后，可进入小区进行非接触式投递。

湖北圆通全力复工！

当前，湖北地区成为邮政快递业复工复产最后的攻坚地。日前，国家邮政局、湖北省新型冠状病毒感染肺炎疫情指挥部等相继发出通知，要求湖北邮政快递业要继续把疫情防控作为头等大事和最重要工作，将行业复工复产作为当前的工作重点予以推进，统筹做好疫情防控和行业复工复产工作，坚持"两手抓、两手硬"。

按照国家邮政局等政府部门的相关决策部署，圆通速递持续做好疫情防控及复工复产相关工作。从春节至今，圆通人一直奋战在疫情物资运送第一线，身处疫情重点区域的圆通湖北省区更是在这个特殊时期起到了重要作用，为湖北省内几百家医院、慈善组织等运送防疫物资，并持续为武汉市内近 200 个小区居民配送蔬菜及其他生活必需品。

据了解，截至 3 月 19 日，圆通湖北省内宜昌、荆州、咸宁、孝感、襄阳、十堰等城市的 60 余家网点已恢复快件正常揽派服务，武汉市内分公司员工到岗率近七成。

湖北圆通多举措保障复工复产

"为了做好复工复产工作，我们从春节开始就敦促陆续开工的分公司、网点每日对场地进行清洁消毒，我们也多次采购包括口罩、防护服等在内的防疫物资，定期发

放，确保员工安全。”圆通湖北省区综合管理部负责人王兴成介绍。

3 月初以来，圆通湖北省区就开始对湖北省内下属网点逐个对接，督促在条件允许的情况下，尽快召集更多人员返岗，有序展开复工，并在防疫物资采集配置等方面予以支持。

听到复工消息后，快递小哥很雀跃

在家“封闭”了近两个月的圆通湖北快递小哥，一听到复工的消息，都很雀跃。

“公司前期对场地已经做好了消毒清洁工作，我们返岗之后，每天也会对我们做好体温检测登记，给我们发放口罩等。”圆通湖北荆门分公司快递员陆云贵和王靖说，他们早就在家待不住了，迫不及待地想出门工作，两人都是在 3 月初就正式返岗了。

“现在主要还都是收件，每天会有近 30 票菜鸟裹裹的收件订单。”陆云贵说。据他介绍，目前快件量还不是很多，预计到月底会逐步恢复到往常水平。“当然，现在我们都还是‘无接触取件’，不会直接从客户手上拿快递。”王靖补充说，客户都是把快件放在指定地方，而后快递员再去取走。

据王兴成介绍，虽然现在散件的揽派量还不是很多，但湖北圆通有不少长期合作的企业客户，从 2 月份起就全面复工了，日均有 1—2 万的快件需要进行出港转运。

“我们在 2 月份就开始为医疗机构生产防疫物资了，在这期间，圆通一直支持我们的物流。”武汉黄陂区一批企业向湖北圆通表示感谢。

办法总比困难多

据王兴成介绍，其实不只是武汉，湖北许多其他城市目前都还处于“封城”状态，限制人员出行，员工无法及时返岗，确实给复工造成了不小困难。

“虽然现在疫情形势好转了很多，但不少人还是有担忧。”陆云贵说，“小区保安对我们这些一直在外面跑的快递小哥防范意识比较强。虽然这种担忧可以理解，但是我们工作起来确实不太方便。”

“以前许多写字楼都是可以直接上门揽派的，但现在都不允许了，而且四周也没有快递柜或者驿站，派送难度比较大。”王靖也遇到了同样的问题。

除了交通管制带

来的“派送难”问题，疫情期间电商市场产品滞销，也造成了快递业务量的相对萎缩。圆通湖北襄阳分公司负责人汤文军说：“由于我们这里大多数客户的产品以食品为主，受疫情影响，目前销量出现了较大幅度的下滑，再加上市场竞争压力大、派送端压力大，公司本身和一线小哥的收入势必都会受到影响。”

面对疫情带来的交通、人员等方面的压力，在圆通党委书记、董事长喻渭蛟的指示和总裁潘水苗的部署下，圆通总部已经向全网推出了防疫物资支持、免息资金扶持、员工保险赠送、考核办法调整、应急协助管理等五项举措，减轻分公司和全网加盟商经营压力。

湖北圆通四大转运中心复工，圆通全网"满血复活"

"3 月 23 日，在我们武汉转运中心，日均进出港包裹分拣量恢复到了正常水平的近 50%。"圆通武汉转运中心部长徐武卫说道。目前，圆通在湖北的武汉、武昌、荆州、襄阳四个转运中心已全部复工，这也意味着圆通网络所有转运中心已全部复工。

当前，对于邮政快递业来说，无论是疫情防控还是复工复产，湖北地区都是最后的攻坚地。作为圆通湖北省区最重要的转运中心之一，事实上，圆通武汉转运中心从春节开始就"一刻未歇"，全国各地驰援湖北疫情防控的物资，源源不断地由圆通各地分公司车辆运送至此，然后分运至武汉乃至湖北各地的医院等机构。现在，这里又加紧了复工复产的步伐。

徐武卫预计，快件量近期就可以恢复到正常水平。"我们已经感受到武汉人民重燃的消费热情了！"

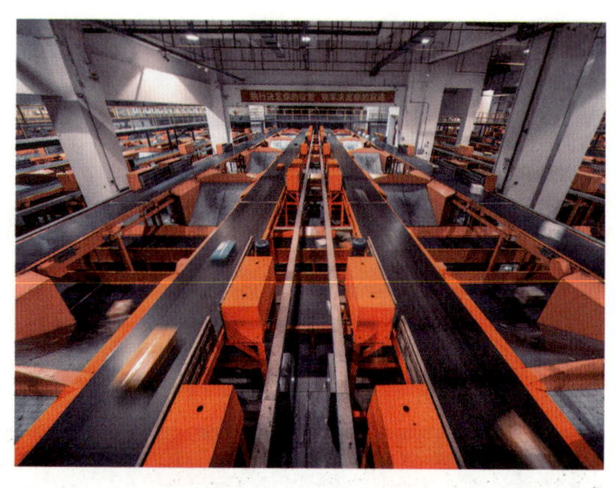

快件量明显增长的还有圆通荆州、襄阳、武昌等转运中心。在荆州中心，每天的进港量已接近 17 万件，呈现迅猛上涨的趋势，出港量也恢复了五成。在襄阳中心，日均进港分拣包裹 13 万件，员工到岗率 94%。武昌中心也是类似情况。

另一方面，从春节开始，中心疫情防控工作也丝毫没有松懈。徐武卫说，在武汉转运中心，每辆进港车辆须接受全方位消毒，司乘人员须出示健康码，体温检测正常并登记身份信息后方可入内；操作场地内，每位操作员佩戴口罩上岗，场地、设备、快件等都进行了严格消毒。

据圆通荆州转运中心部长田亚东介绍，目前在荆州，疫情的影响还在。荆州中心一方面要抓生产，一方面也会持续关注员工的安全防护。“对每个员工，我们都会每天派发两只口罩，像卸车工等容易染上灰尘的岗位，我们会发三到四只。”

田亚东还说，由于疫情的影响，包括荆州在内的湖北许多地区的公共交通都还没有完全恢复。“我们的返岗率目前是八成左右，因为快件量的逐步增加，操作起来还是会有压力。”

全国看湖北，湖北看武汉，对于邮政快递业的复工复产也是如此。截至 3 月 23 日，圆通武汉市内分公司员工到岗率已超七成。其中不少从春节开始就在持续为武汉市内的医疗机构和市民运送防疫物资和生活用品的分公司，在复工的路上也先行一步。

疫情发生后，1 月 28 日开始，圆通武汉汉口北分公司（简称“汉口北圆通”）就参与到了中科院武汉病毒研究所、协和医院、金银潭医院等多家科研、医疗机构的抗疫物资运送工作中。很多紧急的医用、防护和生活物资都是通过汉口北圆通送到武汉医疗人员的手中。

到2月份，在武汉市政府的委托下，汉口北圆通又开始为武汉市东西湖区、硚口区数个小区的居民配送蔬菜及其他生活必需品。在给市民送菜的同时，汉口北圆通的两辆货车有了通行证，公司也开始逐步复工。

公司负责人闻杭剑在第一时间要求公司各部门汇报员工健康情况，坚持每天的健康情况汇报接龙，以最快的速度，让更多人回到工作岗位上。

据闻杭剑介绍，2月份刚复工的时候，只有邮政等三家快递企业在运行，运能跟不上市场需求，许多客户再三寻找圆通承接物流。"客户也着急想要复工，只要他们有货，我们都会想办法。"

有一个做洗护用品的客户，多次向闻杭剑询问快递恢复情况，在了解到对方可以发货的情况下，闻杭剑想办法把货物通过邻省转运中心运送了出去。在解决客户需求的同时，闻杭剑还帮助滞留在家的客服团队搭建服务网络，给客户带去了良好的体验。

截至3月24日，汉口北圆通已有八成员工返岗，共为湖北省内45家分公司提供建包服务。随着转运中心恢复正常，闻杭剑预计两三天内会有一波派件的高峰，但小哥进小区派送或许会成为一个问题，毕竟许多小区还处于封闭管理中。

"有好的服务，就有好的口碑，我们的寄递服务恢复得早，很多客户都认可我们。要恢复正常，甚至超越以往，都是有可能的，我对此很有信心！"闻杭剑说。

回家！首批圆通为援鄂医疗队免费寄递行李已出发

随着疫情防控形势逐步转好，从3月17日开始，完成援鄂任务的各省驰援湖北医疗队将分批离开。根据安排，3月17日有41支国家医疗队共3675人将踏上返程。

为了让援鄂医护人员轻松回家，从3月14日起，包括圆通在内的多家快递企业纷纷提出，免费为援鄂医护工作者寄送返程行李，助力白衣天使们平安、轻松回家。

3月17日下午3点左右，在接到委托之后，圆通武汉快递小哥丁锋兵、李兵栋第一时间赶到武汉济和医院，为即将结束援鄂抗疫工作的医护人员免费打包、寄递返程行李。这些行李将直接送达他们在深圳、佛山、温州、徐州、宿迁的家中。

据介绍，圆通此次免费寄送的首批行李主要是医疗队员们的冬衣和其他生活物资。

“谢谢圆通小哥们帮我们把行李先寄回去，我们可以更轻松地回家了。”一位在武汉济和医院工作了一个多月的来自广东佛山的护士说，“马上就要回家了，心里既开心也不舍，真的希望疫情能快点过去。”

据悉，疫情发生以来，圆通积极响应党和国家号召，第一时间驰援包括武汉在内的湖北疫情一线。在圆通总部的统筹安排下，圆通湖北省区更是在这个特殊时期发挥了重要作用，从春节开始，就在为湖北省内几百家医院、慈善组织等运送防疫物资，并持续为武汉市内近 200 个小区居民配送蔬菜及其他生活必需品，现在又第一时间为援鄂医护人员解决行李寄递问题，帮助他们轻松回家。

与此同时，圆通全网也正在努力克服重重困难，积极做好复工复产工作。据统计，目前企业全网分公司复工率已达到 95% 左右。

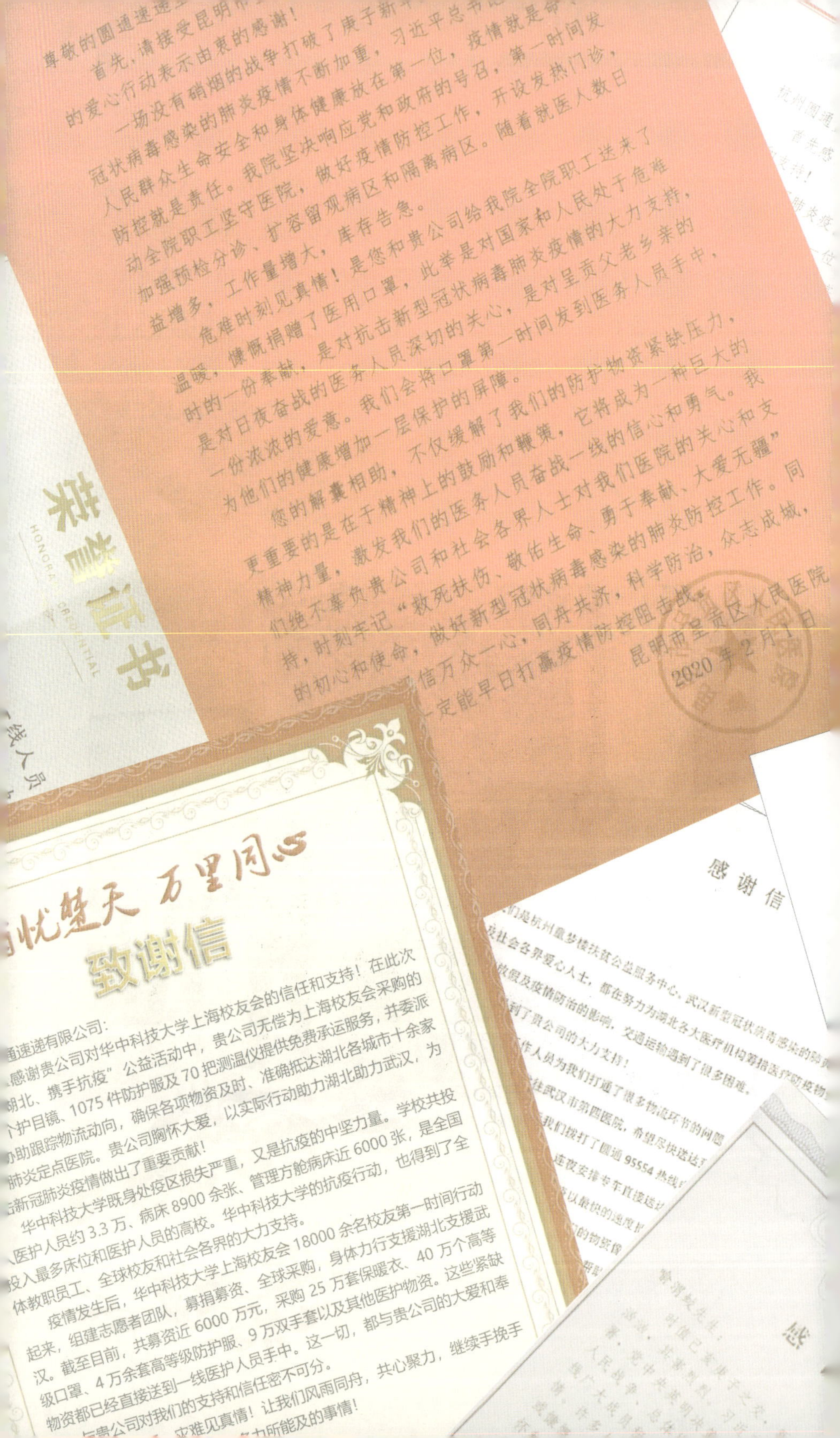

尊敬的圆通速递……昆明……

首先，请接受昆明……庚子新……的爱心行动表示由衷的感谢！

一场没有硝烟的战争打破了庚子新春……冠状病毒感染的肺炎疫情不断加重，习近平总书记……人民群众生命安全和身体健康放在第一位，疫情就是命令，防控就是责任。我院坚决响应党和政府的号召，第一时间发动全院职工坚守医院，做好疫情防控工作，开设发热门诊，加强预检分诊，扩容留观病区和隔离病区。随着就医人数日益增多，工作量增大，库存告急。

危难时刻见真情！是您和贵公司给我院全院职工送来了温暖，慷慨捐赠了医用口罩，此举是对国家和人民处于危难时的一份奉献，是对抗击新型冠状病毒肺炎疫情的大力支持，是对日夜奋战的医务人员深切的关心，是对呈贡父老乡亲的一份浓浓的爱意。我们会将口罩第一时间发到医务人员手中，为他们的健康增加一层保护的屏障。

您的解囊相助，不仅缓解了我们的防护物资紧缺压力，更重要的是在于精神上的鼓励和鞭策，它将成为一种巨大的精神力量，激发我们的医务人员奋战一线的信心和勇气。我们绝不辜负贵公司和社会各界人士对我们医院的关心和支持，时刻牢记“救死扶伤、敬佑生命、勇于奉献、大爱无疆”的初心和使命，做好新型冠状病毒感染的肺炎防控工作。同……信万众一心，同舟共济，科学防治，众志成城，一定能早日打赢疫情防控阻击战。

昆明市呈贡区人民医院

2020年2月1日

荣誉证书

HONORARY CREDENTIAL

……忧楚天 万里同心

致谢信

……通速递有限公司：

……感谢贵公司对华中科技大学上海校友会的信任和支持！在此次……湖北、携手抗疫”公益活动中，贵公司无偿为上海校友会采购的……个护目镜、1075件防护服及70把测温仪提供免费承运服务，并委派……协助跟踪物流动向，确保各项物资及时、准确抵达湖北各城市十余家……肺炎定点医院。贵公司胸怀大爱，以实际行动助力湖北助力武汉，为……新冠肺炎疫情做出了重要贡献！

华中科技大学既身处疫区损失严重，又是抗疫的中坚力量。学校共投入医护人员约3.3万、病床8900余张、管理方舱病床近6000张，是全国投入最多床位和医护人员的高校。华中科技大学的抗疫行动，也得到了全体教职员工、全球校友和社会各界的大力支持。

疫情发生后，华中科技大学上海校友会18000余名校友第一时间行动起来，组建志愿者团队，募捐募资、全球采购，身体力行支援湖北支援武汉。截至目前，共募资近6000万元，采购25万套保暖衣、40万个高等级口罩、4万余套高等级防护服、9万双手套以及其他医护物资。这些紧缺物资都已经直接送到一线医护人员手中。这一切，都与贵公司的大爱和奉……与贵公司对我们的支持和信任密不可分。

……难见真情！让我们风雨同舟，共心聚力，继续手挽手……力所能及的事情！

感谢信

五

“感谢圆通，你们是好样的！”

——各方点赞

“我要让更多人知道，圆通是好样的！”

圆通网络开辟的救援物资绿色运输通道，连通了许多提供捐赠的企业、机构触达抗疫一线的路，更连通了爱心与温暖。

“因为有你们，才让我们的物资以最快的速度抵达需要的医院。”

“因为有你们，才能使我们的物资像血液一样流向更多需要它们的地方。”

“在公益的路上，我们离不开你们。”

“收到！你们真的辛苦了！”“谢谢！真的多亏有了你们！”——我们也谢谢你们，你们的认可和抗疫一线的捷报频传，是我们最大的收获！

六神磊磊（微博博主）

今早9点我们从南昌发往襄阳的150箱、6万副外科手套，晚上8点居然就到襄阳了，正在扒饭的我惊呆了。感谢菜鸟，感谢圆通速递的义举。真是神速！好轻功。

雨露（微信网友）

跟着圆通一起打这场硬仗，见证了圆通速度，快递小哥和司机师傅都是连夜开车送救援物资，基本是下单5分钟马上安排取货，真的是不计成本在救援，看得我泪奔。

狗狗小胖纸（微信网友）

以后发快递首选圆通啊，连夜送物资到武汉……胎都跑报废了……第一句话是怕今天晚上赶不到武汉了……我感动得眼泪都要流出来了。

区块链余佳（微信网友）

区块链公益组织捐赠武汉市内6家医疗机构的物资已全部送达！非常感谢为此奔波的每个志愿者小伙伴的努力！圆通真是好样的！师傅在全部送达后又匆匆赶往仓库去提下一批物资，真是辛苦了！寄快递，用圆通！

微信网友

圆通速递、金禾实业效率，两家上市公司通力合作，30吨双氧水连夜抵达湖北孝感，替家乡人民说声感谢，请各家想驰援疫区的企业直接捐物品给武汉周边城市，我这边有物资采购渠道、物流及接收方，感谢众志成城的力量！

你们的认可和疫情防控的成果，是我们最大的收获！“乾坤朗朗，大道长安。众志成城，中国必胜！”圆通和你一起在行动！

感谢信

中共上海市委统战部

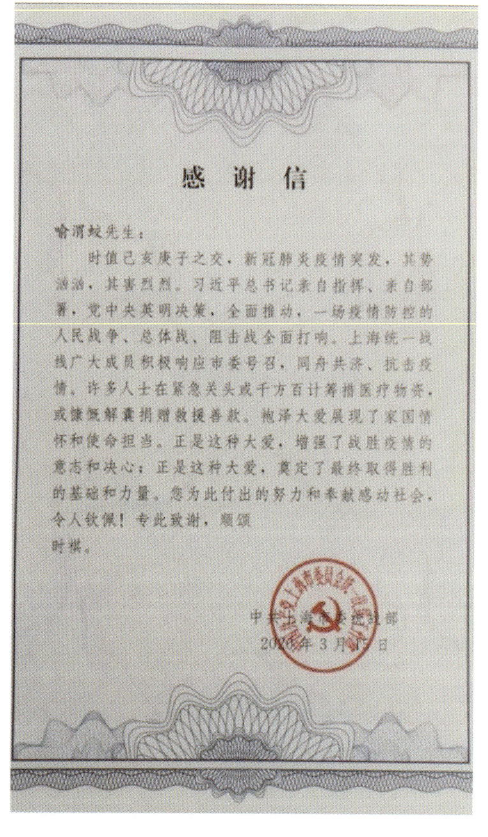
感 谢 信

喻渭蛟先生：

时值己亥庚子之交，新冠肺炎疫情突发，其势汹汹，其害烈烈。习近平总书记亲自指挥、亲自部署，党中央英明决策，全面推动，一场疫情防控的人民战争、总体战、阻击战全面打响。上海统一战线广大成员积极响应市委号召，同舟共济、抗击疫情。许多人士在紧急关头或千方百计筹措医疗物资，或慷慨解囊捐赠救援善款。袍泽大爱展现了家国情怀和使命担当。正是这种大爱，增强了战胜疫情的意志和决心；正是这种大爱，奠定了最终取得胜利的基础和力量。您为此付出的努力和奉献感动社会，令人钦佩！专此致谢，顺颂

时祺。

中共上海市委统战部

2020年3月15日

喻渭蛟先生：

时值己亥庚子之交，新冠肺炎疫情突发，其势汹汹，其害烈烈。习近平总书记亲自指挥、亲自部署，党中央英明决策，全面推动，一场疫情防控的人民战争、总体战、阻击战全面打响。上海统一战线广大成员积极响应市委号召，同舟共济、抗击疫情。许多人士在紧急关头或千方百计筹措医疗物资，或慷慨解囊捐赠救援善款。袍泽大爱展现了家国情怀和使命担当。正是这种大爱，增强了战胜疫情的意志和决心；正是这种大爱，奠定了最终取得胜利的基础和力量。您为此付出的努力和奉献感动社会，令人钦佩！专此致谢，顺颂时祺。

中共上海市委统战部

2020 年 3 月 15 日

湖北省邮政管理局

湖北圆通速递有限公司：

自新冠肺炎疫情暴发以来，贵公司携所属网点积极响应国家邮政局和省委、省政府号召，积极创造条件、全力支持疫情防控工作，免费开放场地存放应急救援物资，积极派出车辆参与疫情防控和民生物资保供工作，安排专人专车为援鄂医疗队提供返程行李免费寄递服务，担当作为，用实际行动诠释快递业的温度，为打赢全省疫情防控阻击战贡献了行业力量。

3月份以来，贵公司按照全省统一部署，坚持一手抓疫情防控，一手抓快递有序复工复产，通过点对点包车等方式接省内员工返岗，迅速落实网点开门复工手续，积极协调做好员工防护物资保障，落实派件扶持政策，优化对末端网点和一线从业人员分配保障等，加快了快递业复工复产的步伐。3月底，全省邮政快递业人员返岗率和网点复工率均达到90%以上，快递服务能力和产能得到迅速恢复，更加有力地满足了全省疫情防控工作需要和群众物资寄递需要，赢得了用户和社会各界的广泛赞誉。贵公

湖 北 省 邮 政 管 理 局

感谢信

湖北圆通速递有限公司：

自新冠肺炎疫情爆发以来，贵公司携所属网点积极响应国家邮政局和省委、省政府号召，积极创造条件、全力支持疫情防控工作，免费开放场地存放应急救援物资，积极派出车辆参与疫情防控和民生物资保供工作，安排专人专车为援鄂医疗队提供返程行李免费寄递服务，担当作为，用实际行动诠释快递业的温度，为打赢全省疫情防控阻击战贡献了行业力量。

3月份以来，贵公司按照全省统一部署，坚持一手抓疫情防控，一手抓快递有序复工复产，通过点对点包车等方式接省内员工返岗，迅速落实网点开门复工手续，积极协调做好员工防护物资保障，落实派件扶持政策，优化对末端网点和一线从业人员分配保障等，加快了快递业复工复产的步伐。3月底，全省邮政快递业人员返岗率和网点复工率均达到90%以上，快递服务能力和产能得到迅速恢复，更加有力地保障了全省疫情防控工作需要和群众物资寄递需要，赢得了用户和社会各界的广泛赞誉。贵公司为全省邮政快递业复工复产取得阶段性胜利，做出了积极贡献。

在此，省邮政管理局谨向贵公司在疫情防控和复工复产工作中所作出的努力，致以最衷心的感谢！

"浩渺行无极，扬帆但信风"，希望你们继续发扬顽强拼搏、连续作战精神，勇当先锋、积极作为，在保护好员工健康和生命安全的同时，全力以赴加快发展、提升快递服务水平，不断满足人民群众对美好生活的追求，为促进全省经济社会发展做出新的贡献。

湖北省邮政管理局

2020年4月2日

司为全省邮政快递业复工复产取得阶段性胜利，作出了积极贡献。

在此，省邮政管理局谨向贵公司在疫情防控和复工复产工作中所作出的努力，致以最衷心的感谢！

“浩渺行无极，扬帆但信风”。希望你们继续发扬顽强拼搏、连续作战精神，勇当先锋、积极作为，在保护好员工健康和生命安全的同时，全力以赴加快发展、提升快递服务水平，不断满足人民群众对美好生活的追求，为促进全省经济社会发展作出新的贡献。

湖北省邮政管理局

2020 年 4 月 2 日

吉林省邮政管理局

圆通速递有限公司：

己亥岁末，病毒肆虐荆楚，武汉三镇封城闭户；庚子年初，疫情扩散华夏，九州万城街巷空荡。如何保障好疫情防控物资和人民群众居家生活必需品的运送寄递，成为疫情防控关键所在。

疾风知劲草，危难见英雄。新冠肺炎疫情发生以来，贵公司吉林省圆通速递有限公司坚决贯彻习近平总书记一系列重要讲话和重要指示精神，全面落实党中央、国务院决策部署，严格按照省委、省政府“三保一统筹”“七个到位”等要求和国家邮政局“四个确保”“三个优先”“一个梯度推进”等工作安排，在尹忠树总经理的带领下，毅然勇挑重担，以疫情防控为前提，克服人员短缺等实际困难，发扬连续作战精神，及时开启绿色通道，积极支持和配合我局向湖北省邮政管理局驰援防疫物资。将吉林百年汉克制药有限公司向黄石市红十字会捐赠的 2465 公

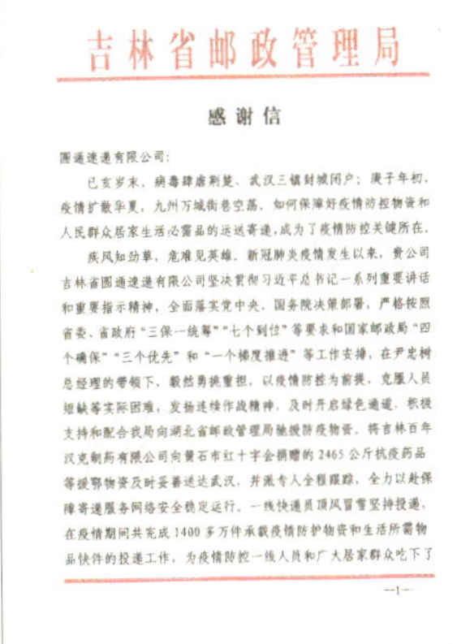

吉林省邮政管理局

感谢信

圆通速递有限公司：

已亥岁末，病毒肆虐荆楚，武汉三镇封城闭户；庚子年初，疫情扩散华夏，九州万城街巷空荡。如何保障好疫情防控物资和人民群众居家生活必需品的运送寄递，成为了疫情防控关键所在。

疾风知劲草，危难见英雄。新冠肺炎疫情发生以来，贵公司吉林省圆通速递有限公司坚决贯彻习近平总书记一系列重要讲话和重要指示精神，全面落实党中央、国务院决策部署，严格按照省委、省政府“三保一统筹”“七个到位”等要求和国家邮政局“四个确保”“三个优先”和“一个梯度推进”等工作安排，在尹忠树总经理的带领下，毅然勇挑重担，以疫情防控为前提，克服人员短缺等实际困难，发扬连续作战精神，及时开启绿色通道，积极支持和配合我局向湖北省邮政管理局驰援防疫物资，将吉林百年汉克制药有限公司向黄石市红十字会捐赠的2465公斤抗疫药品等援鄂物资及时妥善送达武汉，并派专人全程跟踪，全力以赴保障寄递服务网络安全稳定运行。一线快递员顶风冒雪坚持投递，在疫情期间共完成1400多万件承载疫情防护物资和生活所需物品快件的投递工作，为疫情防控一线人员和广大居家群众吃下了

—1—

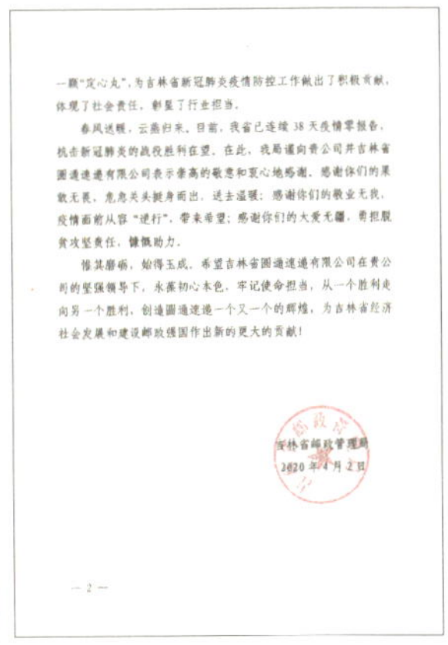

一颗“定心丸”，为吉林省新冠肺炎疫情防控工作做出了积极贡献，体现了社会责任，彰显了行业担当。

春风送暖，云燕归来。目前，我省已连续38天疫情零报告，抗击新冠肺炎的战役胜利在望。在此，我局谨向贵公司并吉林省圆通速递有限公司表示崇高的敬意和衷心地感谢。感谢你们的果敢无畏，危急关头挺身而出，送去温暖；感谢你们的敬业无我，疫情面前从容“逆行”，带来希望；感谢你们的大爱无疆，勇担脱贫攻坚责任，慷慨助力。

惟其磨砺，始得玉成。希望吉林省圆通速递有限公司在贵公司的坚强领导下，永葆初心本色，牢记使命担当，从一个胜利走向另一个胜利，创造圆通速递一个又一个的辉煌，为吉林省经济社会发展和建设邮政强国作出新的更大的贡献！

吉林省邮政管理局

2020年4月2日

— 2 —

斤抗疫药品等援鄂物资及时妥善送达武汉，并派专人全程跟踪，全力以赴保障寄递服务网络安全稳定运行。一线快递员顶风冒雪坚持投递，在疫情期间共完成1400多万件疫情防护物资和生活所需物品快件的投递工作，使疫情防控一线人员和广大居家群众吃下了“定心丸”，为吉林省新冠肺炎疫情防控工作作出了积极贡献，体现了社会责任，彰显了行业担当。

春风送暖，云燕归来。目前，我省已连续38天疫情“零报告”，抗击新冠肺炎的战役胜利在望。在此，我局谨向贵公司并吉林省圆通速递有限公司表示崇高的敬意和衷心的感谢。感谢你们的果敢无畏，危急关头挺身而出，送去温暖；感谢你们的敬业无我，疫情面前从容“逆行”，带来希望；感谢你们的大爱无疆，勇担脱贫攻坚责任，慷慨助力。

唯其磨砺，始得玉成。希望吉林省圆通速递有限公司在贵公司的坚强领导下，永葆初心本色，牢记使命担当，从一个胜利走向另一个胜利，创造圆通速递一个又一个的辉煌，为吉林省经济社会发展和建设邮政强国作出新的更大的贡献！

吉林省邮政管理局

2020年4月2日

重庆市人民政府口岸和物流办公室

杭州圆通货运航空有限公司：

首先感谢贵公司对重庆经济社会发展特别是民航事业的关心和支持！

新冠肺炎疫情发生以来，我们坚持把人民群众生命安全和身体健康放在第一位，把疫情防控工作作为当前最重要的工作来抓，全力以赴筹集疫情防控医疗物资，积极搭建“空中桥梁”抢运防控物资入渝，为坚决打赢疫情防控阻击战创造条件。

重庆市人民政府口岸和物流办公室

感谢信

杭州圆通货运航空有限公司：

首先感谢贵公司对重庆经济社会发展特别是民航事业的关心和支持！

新冠肺炎疫情发生以来，我们坚持把人民群众生命安全和身体健康放在第一位，把疫情防控工作作为当前最重要的工作来抓，全力以赴筹集疫情防控医疗物资，积极搭建“空中桥梁”抢运防控物资入渝，为坚决打赢疫情防控阻击战创造条件。

疫情就是命令，时间就是生命！面对突如其来的疫情，贵公司积极参与我市防疫物资运输，充分发挥航空运输优势，争分夺秒抢运防疫物资，保障了防疫物资第一时间送达防疫前线，极大地支持了我市的抗击疫情工作。在此，谨向贵公司致以崇高的敬意和衷心的感谢！

当前，疫情形势仍然严峻复杂，任务还十分艰巨。希望贵公司再接再厉，继续在我市防疫物资运输中给予支持，与我们一道共同努力、共克时艰，早日夺取疫情防控阻击战的最后胜利。

最后，祝贵公司事业发达！

2020年2月25日

疫情就是命令，时间就是生命！面对突如其来的疫情，贵公司积极参与我市防疫物资运输，充分发挥航空运输优势，争分夺秒抢运防疫物资，保障了防疫物资第一时间送达防疫前线，极大地支持了我市的抗击疫情工作。在此，谨向贵公司致以崇高的敬意和衷心的感谢！

当前，疫情形势依然严峻复杂，任务还十分艰巨。希望贵公司再接再厉，继续在我市防疫物资运输中给予支持，与我们一道共同努力、共克时艰，早日夺取疫情防控阻击战的最后胜利。

最后，祝贵公司事业发达！

重庆市人民政府口岸和物流办公室

2020 年 2 月 25 日

咸宁市咸安区永安街道办事处

安徽金禾实业股份有限公司、圆通速递：

自新型冠状病毒感染的肺炎疫情发生以来，永安街道办事处上下坚决贯彻习近平总书记重要指示精神，认真落实李克强总理在武汉考察指导疫情防控工作时的讲话要求，按照党中央、国务院和中央军委决策部署，万众一心、众志成城，全力以赴防控疫情。

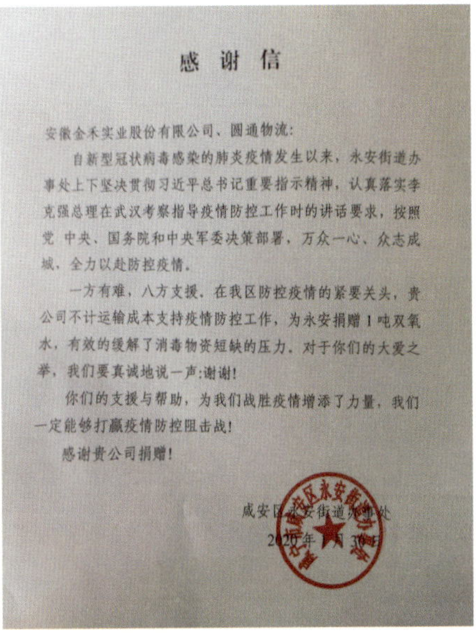

感 谢 信

安徽金禾实业股份有限公司、圆通物流:

自新型冠状病毒感染的肺炎疫情发生以来，永安街道办事处上下坚决贯彻习近平总书记重要指示精神，认真落实李克强总理在武汉考察指导疫情防控工作时的讲话要求，按照党 中央、国务院和中央军委决策部署，万众一心、众志成城，全力以赴防控疫情。

一方有难，八方支援．在我区防控疫情的紧要关头，贵公司不计运输成本支持疫情防控工作，为永安捐赠 1 吨双氧水，有效的缓解了消毒物资短缺的压力．对于你们的大爱之举，我们要真诚地说一声:谢谢!

你们的支援与帮助，为我们战胜疫情增添了力量，我们一定能够打赢疫情防控阻击战!

感谢贵公司捐赠!

咸安区永安街道办事处

2020年1月30日

一方有难，八方支援。在我区防控疫情的紧要关头，贵公司不计运输成本，支持疫情防控工作，为永安捐赠 1 吨双氧水，有效地缓解了消毒物资短缺的压力。对于你们的大爱之举，我们要真诚地说一声：谢谢！

你们的支持与帮助，为我们战胜疫情增添了力量，我们一定能够打赢疫情防控阻击战！

感谢贵公司捐赠！

咸安区永安街道办事处

2020 年 1 月 30 日

昆明市呈贡区人民医院

尊敬的圆通速递呈贡区公司：

首先，请接受昆明市呈贡区人民医院全院职工对贵公司的爱心行动表示的由衷感谢！

一场没有硝烟的战争打破了庚子新年的平静，面对新型冠状病毒感染的肺炎疫情不断加重，习近平总书记强调要把人民群众生命安全和身体健康放在第一位，疫情就是命令，防控就是责任。我院坚决响应党和政府的号召，第一时间发动全院职工坚守医院，做好疫情防控工作，开设发热门诊，加强预检分诊、扩容留观病区和隔离病区。随着就医人数日益增多，工作量增大，库存告急。

危难时刻见真情！是贵公司给我院全院职工送来了温暖，慷慨捐赠了医用口罩，此举是对处于危难中的国家和人民的一份奉献，是对抗击新型冠状病毒肺炎疫情的大力支持，是对日夜奋战的医务人员深切的关心，是对呈贡父老乡亲的一份浓浓的爱意。我们会

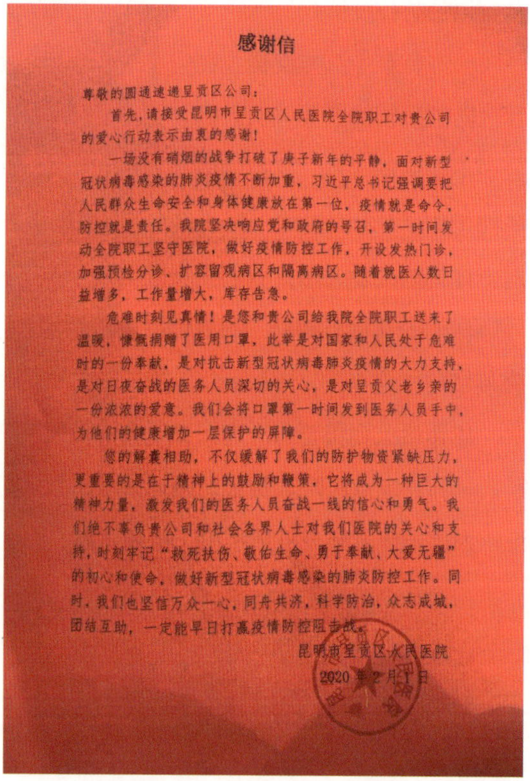

感谢信

尊敬的圆通速递呈贡区公司：

首先，请接受昆明市呈贡区人民医院全院职工对贵公司的爱心行动表示由衷的感谢！

一场没有硝烟的战争打破了庚子新年的平静，面对新型冠状病毒感染的肺炎疫情不断加重，习近平总书记强调要把人民群众生命安全和身体健康放在第一位，疫情就是命令，防控就是责任。我院坚决响应党和政府的号召，第一时间发动全院职工坚守医院，做好疫情防控工作，开设发热门诊，加强预检分诊、扩容留观病区和隔离病区。随着就医人数日益增多，工作量增大，库存告急。

危难时刻见真情！是您和贵公司给我院全院职工送来了温暖，慷慨捐赠了医用口罩，此举是对国家和人民处于危难时的一份奉献，是对抗击新型冠状病毒肺炎疫情的大力支持，是对日夜奋战的医务人员深切的关心，是对呈贡父老乡亲的一份浓浓的爱意。我们会将口罩第一时间发到医务人员手中，为他们的健康增加一层保护的屏障。

您的解囊相助，不仅缓解了我们的防护物资紧缺压力，更重要的是在于精神上的鼓励和鞭策，它将成为一种巨大的精神力量，激发我们的医务人员奋战一线的信心和勇气。我们绝不辜负贵公司和社会各界人士对我们医院的关心和支持，时刻牢记“救死扶伤、敬佑生命、勇于奉献、大爱无疆”的初心和使命，做好新型冠状病毒感染的肺炎防控工作。同时，我们也坚信万众一心，同舟共济，科学防治，众志成城，团结互助，一定能早日打赢疫情防控阻击战。

昆明市呈贡区人民医院

2020年2月1日

将口罩第一时间发到医务人员手中，为他们的健康增加一层保护的屏障。

贵公司解囊相助，不仅缓解了我们的防护物资紧缺压力，更重要的是在精神上给予我们鼓励和鞭策，它将成为一种巨大的精神力量，激发我们的医护人员奋战一线的信心和勇气。我们绝不辜负贵公司和社会各界人士对我们医院的关心和支持，时刻牢记“救死扶伤、敬佑生命、勇于奉献、大爱无疆”的初心和使命，做好新型冠状病毒感染的肺炎防控工作。同时，我们也坚信万众一心，同舟共济，科学防治，众志成城，团结互助，一定能早日打赢疫情防控阻击战。

昆明市呈贡区人民医院

2020 年 2 月 1 日

华中科技大学上海校友会

尊敬的圆通速递有限公司：

诚挚感谢贵公司对华中科技大学上海校友会的信任和支持！在此次“支援湖北，携手抗疫”公益活动中，贵公司无偿提供服务，承运上海校友会采购的 6110 副护目镜、1075 件防护服及 70 个测温仪，并委派专人协助跟踪物流动向，确保各项物资及时、准确抵达湖北各城市十余家新冠肺炎定点医院。贵公司胸怀大爱，以实际行动助力湖北、助力武汉，为抗击新冠肺炎疫情作出了重要贡献！

华中科技大学虽身处疫区，损失严重，但也是抗疫的中坚力量。学校共投入医护人员约 3.3 万人、病床 8900 余张，管理方舱病床近 6000 张，是全国投入最多医护人员和床位的高校。华中科技大学的抗疫行动，也得到了全体教职员工、全球校友和社会各界的大力支持。

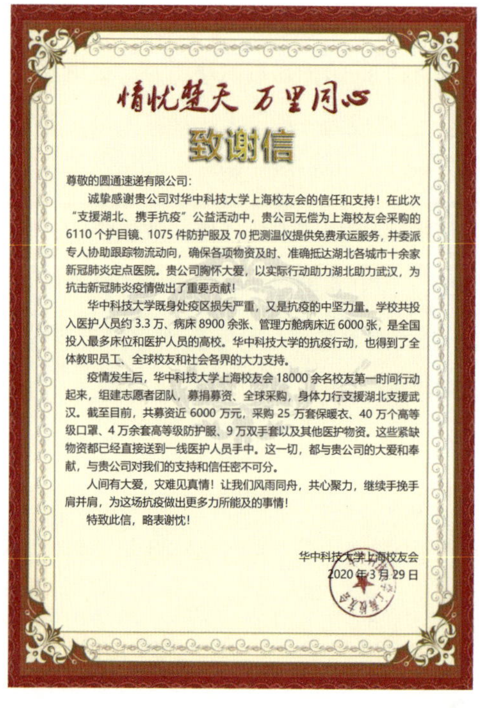

情忧楚天 万里同心

致谢信

尊敬的圆通速递有限公司:

诚挚感谢贵公司对华中科技大学上海校友会的信任和支持！在此次“支援湖北、携手抗疫”公益活动中，贵公司无偿为上海校友会采购的6110 个护目镜、1075 件防护服及 70 把测温仪提供免费承运服务，并委派专人协助跟踪物流动向，确保各项物资及时、准确抵达湖北各城市十余家新冠肺炎定点医院。贵公司胸怀大爱，以实际行动助力湖北助力武汉，为抗击新冠肺炎疫情做出了重要贡献！

华中科技大学既身处疫区损失严重，又是抗疫的中坚力量。学校共投入医护人员约 3.3 万、病床 8900 余张、管理方舱病床近 6000 张，是全国投入最多床位和医护人员的高校。华中科技大学的抗疫行动，也得到了全体教职员工、全球校友和社会各界的大力支持。

疫情发生后，华中科技大学上海校友会 18000 余名校友第一时间行动起来，组建志愿者团队，募捐募资、全球采购，身体力行支援湖北支援武汉。截至目前，共募资近 6000 万元，采购 25 万套保暖衣、40 万个高等级口罩、4 万余套高等级防护服、9 万双手套以及其他医护物资。这些紧缺物资都已经直接送到一线医护人员手中。这一切，都与贵公司的大爱和奉献，与贵公司对我们的支持和信任密不可分。

人间有大爱，灾难见真情！让我们风雨同舟，共心聚力，继续手挽手肩并肩，为这场抗疫做出更多力所能及的事情！

特致此信，略表谢忱！

华中科技大学上海校友会

2020 年 3 月 29 日

疫情发生后，华中科技大学上海校友会 18000 余名校友第一时间行动起来，组建志愿者团队，募捐募资、全球采购，身体力行支援湖北、支援武汉。截至目前，共募资近 6000 万元，采购 25 万套保暖衣、40 万只高等级口罩、4 万余套高等级防护服、9 万双手套以及其他医护物资。这些紧缺物资都已经直接送到一线医护人员手中。这一切，都与贵公司的大爱和奉献，与贵公司对我们的支持和信任密不可分。

人间有大爱，灾难见真情！让我们风雨同舟，同心聚力，继续手挽手肩并肩，为这场抗疫阻击战做更多力所能及的事情！

特致此信，略表谢忱！

华中科技大学上海校友会

2020 年 3 月 29 日

中国生命关怀协会医院人文专委会

尊敬的圆通速递：

新型冠状病毒感染的肺炎疫情发生以来，中国生命关怀协会医院人

中国生命关怀协会
Chinese Association for Life Care

致谢函

尊敬的圆通速递：

新型冠状病毒感染的肺炎疫情发生以来，中国生命关怀协会医院人文专委会发起了"与子同袍"爱心捐助活动，携手全球会员和爱心人士为国内各医疗机构医务人员募集医疗救治一线急需的医疗防护用具、药品、医疗试剂和器械，组建了紧急支援分队入驻四川、湖北等地，为战斗在一线的医护人员和医疗队提供支持援助。在此过程中，我们非常荣幸的得到了贵公司的支持，为各地医院和驻武汉医疗队提供了有力的防疫帮助。对此，我们深表敬意和谢意！

疫情面前，我们命运与共。我们坚信：在您们的信任和支持之下，我们一定能尽快打赢这场疫情阻击战。

祝贵公司事业兴隆！

中国生命关怀协会医院人文专委会
2020年2月9日

文专委会发起了“与子同袍”爱心捐助活动，携手全球会员和爱心人士为国内各医疗机构医护人员募集医疗救治一线急需的医疗防护用具、药品、医疗试剂和器械，组建了紧急支援分队入驻四川、湖北等地，为战斗在一线的医护人员和医疗队提供支持援助。在此过程中，我们非常荣幸地得到了贵公司的支持，为各地医院和驻武汉医疗队提供了有力的防疫帮助。对此，我们深表敬意和谢意！

疫情面前，我们命运与共。我们坚信：在各方的信任和支持之下，我们一定能尽快打赢这场疫情阻击战。

祝贵公司事业兴隆！

中国生命关怀协会医院人文专委会

2020 年 2 月 9 日

郑州经济技术开发区管理委员会前程办事处

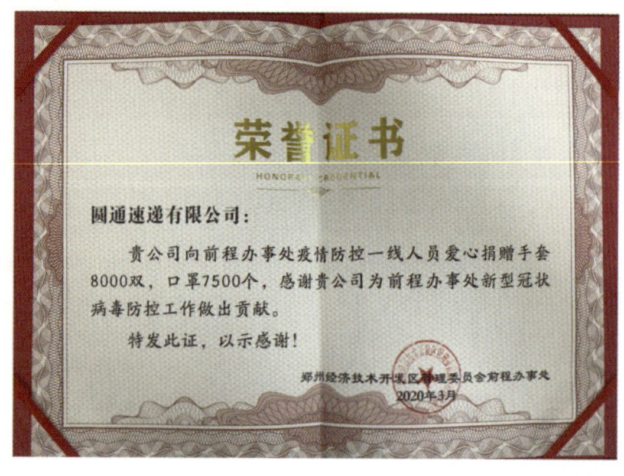

圆通速递有限公司：

贵公司向前程办事处疫情防控一线人员爱心捐赠手套8000双，口罩7500个，感谢贵公司为前程办事处新型冠状病毒防控工作作出贡献。

特发此证，以示感谢！

郑州经济技术开发区管理委员会前程办事处

2020年3月

美国留学互助群全体

尊敬的圆通速递公司领导：

同胞有难，虽远必救，再难必援！逢此荆楚大疫，我们“美国留学互助群”群友四海奔走，购买防疫物资。无奈道路受阻，常规方式已无法运送，医护、群友搓手顿足却无计可施。幸遇圆通速递武昌火车站公司何经理，于我困顿时伸手相助。为确保防疫物资安全及时送达，何经理派出专车亲自运送，一路星夜兼程，驱车数百公里，第一时间将一线所需防疫物资稳妥地交到医护手上。

国若有难，举身赴之。何经理的行为精准地阐释了这句话的精神。

在此，我们“美国留学互助群”全体群友向圆通速递武昌火车站公司何经理，向圆通速递武昌火车站公司全体同仁，向圆通速递公司表达最诚挚的感谢和最崇高的敬意！

有千千万万如何经理这般的中国人，有圆通速递如此举国之大义的良心企业，我们坚信疫情必将被打败！凛冬不久将尽，春暖花开未远！

祝愿圆通速递同仁身体健康！圆通速递公司事业蓬勃发展！

美国留学互助群全体

2020 年 2 月 13 日

感谢信

尊敬的圆通速递公司领导：

同胞有难，虽远必救，再难必援！逢此荆楚大疫，我们“美国留学互助群”群友四海奔走，购买防疫物资。无奈道路受阻常规方式已无法运送，医护、群友搓手顿足却无计可施。幸遇圆通速递武昌火车站公司何经理，于我困顿时伸手相助。为确保防疫物资安全及时送达，何经理派出专车亲自运送，一路星夜兼程，驱车数百公里，第一时间将一线所需防疫物资稳妥地交到医护手上。

国若有难，举身赴之。何经理的行为精准地阐释了这句话的精神。在此我们“美国留学互助群”全体群友向圆通速递武昌火车站公司何经理，向圆通速递武昌火车站公司全体同仁，向圆通速递公司表达最诚挚的感谢和最崇高的敬意！

有千千万万如何经理这般的中国人，有圆通速递如此举国之大义的良心企业，我们坚信疫情必将被打败！凛冬不久将尽，春暖花开未远！

祝愿圆通速递同仁身体健康！圆通速递公司事业蓬勃发展！

美国留学互助群全体

二零二零年二月十三日

杭州童梦楼扶贫公益服务中心

圆通速递：

我们是杭州童梦楼扶贫公益服务中心，武汉新型冠状病毒感染的肺炎疫情发生以来，我们以及社会各界爱心人士，都在努力为湖北各大医疗机构筹措医疗防疫物资。在此过程中，受到春节放假及疫情防控的影响，交通运输遇到了很多困难。

但我们得到了贵公司的大力支持！

圆通速递的工作人员为我们打通了很多物流环节。我们在湖南有3300套被服，需要从长沙市岳麓区发往武汉市第四医院，希望尽快送达一线医护人员的手中，但在运输物流上面遇到了问题。最后我们拨打了圆通95554热线电话。贵公司了解我们的需求后，迅速安排了湖南省区与我们对接，连夜安排专车直接送达武汉！另外在广东、浙江、湖北等地，圆通都给予我们大力支持，让我们的物资以最快的速度抵达需要的医院。在公益的路上，我们离不开你们，因为有你们物流，才能使我们的物资像血液一样流向更多需要它们的地方。感谢圆通速递为童梦楼公益中心提供的支持与帮助！

此致

敬礼！

杭州童梦楼扶贫公益服务中心　王章伟

2020年1月29日

感 谢 信

圆通速递：

我们是杭州童梦楼扶贫公益服务中心。武汉新型冠状病毒感染的肺炎疫情发生以来，我们以及社会各界爱心人士，都在努力为湖北各大医疗机构筹措医疗防疫物资。在此过程中，受到春节放假及疫情防治的影响，交通运输遇到了很多困难。

但我们得到了贵公司的大力支持！

圆通速递的工作人员为我们打通了很多物流环节的问题。我们在湖南有3300套被服，需要从长沙市岳麓区发往武汉市第四医院，希望尽快送达到一线医护人员的手中，但在运输物流上面遇到了问题。最后我们拨打了圆通95554热线电话。贵公司收到我们的需求后，迅速安排了湖南省区与我们对接，连夜安排专车直接送达武汉！还有在广东、浙江、湖北等地，都给予我们大力支持，让我们的物资以最快的速度抵达需要的医院。在公益的路上，我们离不开你们，因为有你们物流，才能使我们的物资像血液一样的流向更多需要他们的地方。感谢圆通速递为童梦楼公益中心提供的支持与帮助！

此致

敬礼

杭州童梦楼扶贫公益服务中心 王章伟

2020年1月29日

今日最美情话：“我等你战‘疫’归来！”

疫情面前显担当，越是艰险越向前。

他们是圆通人，是爸妈的孩子，或是孩子的爸妈。在这个特殊时期，当他们义无反顾选择离家“逆行”去驰援战“疫”的时候，当他们义无反顾选择离家“坚守”岗位，去给客户收寄件的时候，他们的大义与勇气是家人亲友的骄傲，他们的安全，也是家人亲友最大的牵挂。

带着家人亲友的嘱咐与问候，圆通人继续驰援战“疫”、逆行送件，我们坚信，没有一个春天不会到来。

大年三十，圆通武汉黄浦分公司的李兵栋在收到公司发布的运输医疗物资的紧急通知后，就报名从老家汉川赶回武汉，至今一直为医院运输物资。临行前，他的父亲写诗祝福：“楚天东望盼晴日，两江合流送瘟神。”他的妹妹为他骄傲，等着他平安归来。

在北京，圆通北京顺义区高丽营分公司的赵兵兵收到了父亲的嘱咐：“疫情期间，出去送快递，一定要戴好口罩，不要去人多的地方，做好防护措施，回来勤洗手，一定要保护好自己。”

圆通广东省揭阳市磐东分公司的快递员袁志楠、许浩锐兄弟俩春节期间坚持上班。他们的妹妹许晓洁每天都给他们送饭，以实际行动为圆通一线快递小哥鼓气加油。

圆通广州白云机场分公司小邓的孩子对妈妈说：“妈妈辛苦了，在疫情期间还坚守工作岗

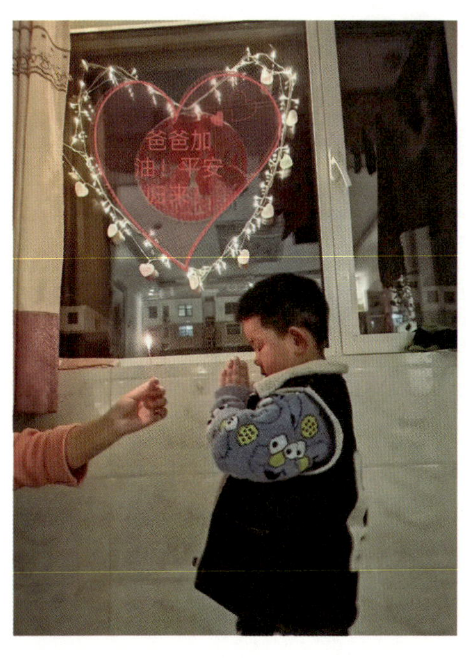

位，您是圆通的一分子，让我们知道每份包裹的不容易，你们在传送一个个包裹，更是传递一份份的爱！”

圆通山东泰安分公司操作员董章程的儿子也祈祷爸爸平安归来。“爸爸，等你回来，我包汤圆给你吃。”

圆通广东清远新城分公司新站分部快递员何灿球正准备去派件，妻子成飞霞关心丈夫安全，跑到路边叮嘱自己老公：“现在肺炎疫情严峻，你的工作接触广泛，一定要勤洗手、戴口罩，尽可能在服务好客户的同时保护好自己。”

圆通广州科学城分公司业务员马毛朵的妻子对他说：“保重身体，好好跟圆通老板干活，安心派好件，认真做好工作，服务好广大客户。”同在一个公司工作的贺香金也收到儿子的祝福：“老爸，您辛苦了，在外照顾自己，加油！”

圆通湖南长沙岳麓分公司的李旺也收到了姑妈的嘱咐：“姑妈非常担心，千万注意防范，侄子你好样的。为了能够把客户的物资送到家，你们辛苦啦！”

圆通吉林省白城市镇赉分公司客服任梦的妈妈在微信上

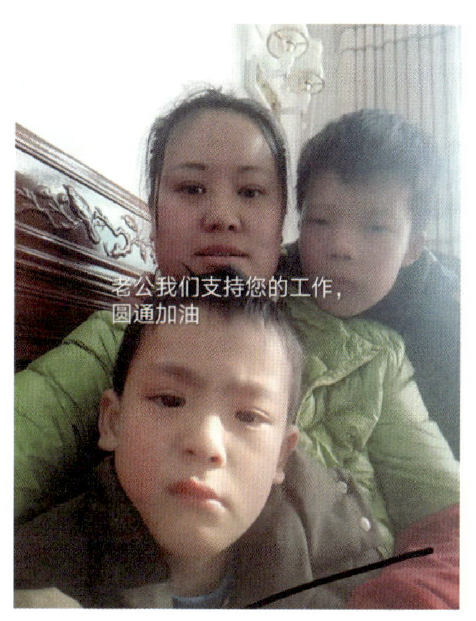

交代孩子：“时刻戴口罩，多洗手，消毒。非常时期一定注意些。”圆通吉林省长春市西安广场分公司负责人刘金柱的媳妇，嘱咐他送件的时候戴上口罩、手套，注意安全。圆通吉林省延边敦化分公司负责人刘忠鑫的儿子，在家给他包汤圆。“爸爸，你出门送快递早点回家哦，我给你包汤圆吃。”

你听！圆通小哥对最爱的“她”说……

亲爱的圆通小哥们，疫情期间，复工复产阶段，是不是比往常更忙了？是不是很久都没有回家？是不是每天都起得更早，睡得更晚了？是不是很久没和最爱的“她”说些什么了？

在3月8日这个属于“她”的节日里，你想对你最爱的那个“她”说些什么吗？还没想好说什么？没关系，不妨先来听听他们的故事……

“两过家门而不入”
——说给我的妻子和老大姑娘

圆通武昌火车站分公司　何於贤

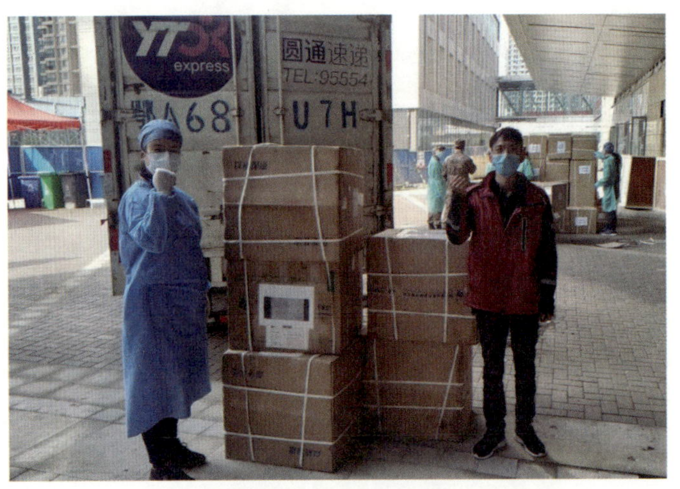

由于今年疫情的特殊原因，从大年初三离开家（湖北襄阳）返回武汉，我已经四十多天没见到你们了。我想跟你还有孩子说：我在武汉一切都好，请不要为我担心。男人要有所担当，特别在这个时候，你应该为我感到自豪。感谢你一直以来默默支持和辛苦付出，要照顾家中两老和两个娃，小的刚一岁。我之前一直没跟你说,我其实从武汉往老家送过两次东西(防疫物资),而且咱们家就在高速路旁,但我也只是在高速路上远远地望了一眼,主要是怕给你们带来啥不安全。

除了你,亏欠最多的就是我们老大姑娘(今年九岁)。两年前就答应她,让她来武汉上学,可是一直没能帮她实现愿望。现在每次打电话,她都问:“爸爸,我什么时候才可以来武汉上学?”不过,让我很欣慰的是,听到家里的亲戚朋友们在家人群里都一直夸她爸爸,我也能体会到这孩子很开心。疫情过后,我一定兑现对女儿的承诺,还有就是我想带着我们全家去拍全家福。

最后,祝你节日快乐!等我回去,给你带礼物啊!

“老婆,外面的饭真没你做得好吃!等我回去,一定猛吃个够!”——说给我的妻子

圆通武汉大学城分公司　陈志勇

老婆,这段时间忙着在武汉到处配送物资,很久没陪着你和孩子们,对不起了!不过,我知道你是实在人,跟我在一起过日子,也过得很实在,天天也就是围着我和两个娃转。

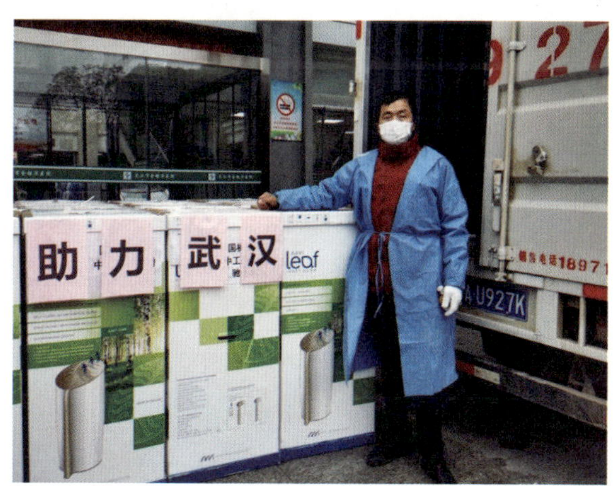

你平时就是个喜欢安静的人,也不喜欢我多讲什么“花言巧语”,但

是我这次离开家这么久，我真的觉得你的厨艺实在是棒，外面的饭真没你做得好吃！等我回去，一定猛吃个够！

祝你节日快乐，平安健康！给我做更多好吃的！

“妈妈，您儿子瘦了还更帅了呢！”
——说给我的妈妈

圆通武汉黄浦分公司　李兵栋

这个春节就没回去，不知不觉已经在武汉近四十天了，在圆通这个运送物资的大家庭里，跟我的兄弟、战友们一起，流过汗、流过泪，但这一切都是值得的。看着一车车救援物资送到一线医护人员手中，我们真的由衷地感到欣慰，现在我们这帮人又开始给武汉的社区居民配送蔬菜，解决他们的燃眉之急，一样很值得！

但是妈妈，作为您的儿子，这个春节没能陪在您身边，我真的很抱歉。最近几次视频，您说我瘦了，我知道您一直在为我担心。妈妈，您放心，您儿子一定会保护好自己，流点汗算什么，吃点苦算什么，您儿子瘦了还更帅了呢！这个时候，我更要做一个对社会有用的人！

妈妈，祝您节日快乐！您和爸爸也一定要多注意，保重身体！待到疫情结束，我一定马上回去看您二老。

证网
当前位置：首页 > 公司 > 公司新闻
航空连续完成中国民航局组织的抗击疫情重大
运输任务
2020-02-23 17:37
中证网讯（记者 董添）2月22日，圆通速递
汉"重大航空运输信息》（第1期）数据显示
运输机制实施的防疫物资运送任务，在邮政
分享到：
《"抗击疫情，驰援武
航局重大航空
布，向武汉运送救援物资，免
疫情逼出来的快递空军
2020-02-13
分享到
原创 驿站老鬼 驿站
从小哥到老板，100万快递人都在看
新鲜 Fresh
深度 Depth
有料 Rich
疫情还在，我们快递人永远都是
障部队"！
2月27日
了解快递事 读懂快递人
快递 EXPRESS
CCTV 2 财经
圆通
第一时间
新闻特写：物流司机星夜驰援武汉
头条
战疫
本地
浙江新闻 ZHEJIANG NEWS
首页 > 战疫 > 圆通助力浙江抗击疫情 空运到浙的医疗
通助力浙江抗击疫情 空运
我们战疫。

复工第一天｜圆通快递店：与用户提前约
地点 尽量减少接触
上海援鄂医务人员离开武汉前，给这位快递小哥送了这样一份礼物
精准防疫 一手抓复工复
喻渭蛟到战"疫"一线："你们辛苦
输送战胜疫情的力量——圆通武汉转运中

"快递的速度，温暖的力量"
——媒体聚焦

人民日报：圆通速递宣布，向武汉运送救援物资，免费！

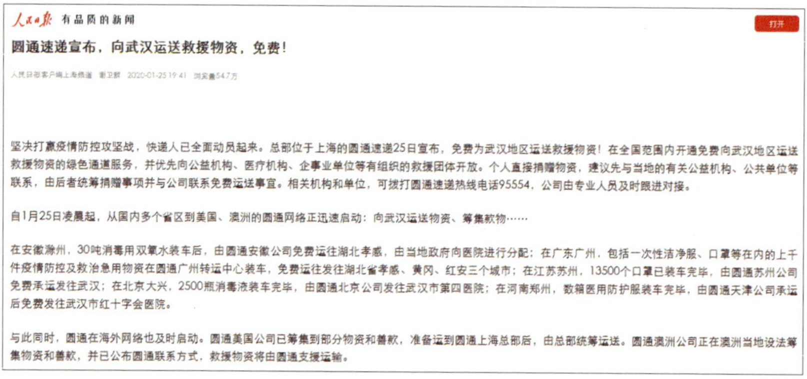

人民日报 有品质的新闻 打开

圆通速递宣布，向武汉运送救援物资，免费！

人民日报客户端上海频道 谢卫群 2020-01-25 19:41 浏览量54.7万

坚决打赢疫情防控攻坚战，快递人已全面动员起来。总部位于上海的圆通速递25日宣布，免费为武汉地区运送救援物资！在全国范围内开通免费向武汉地区运送救援物资的绿色通道服务，并优先向公益机构、医疗机构、企事业单位等有组织的救援团体开放。个人直接捐赠物资，建议先与当地的有关公益机构、公共单位等联系，由后者统筹捐赠事项并与公司联系免费运送事宜。相关机构和单位，可拨打圆通速递热线电话95554，公司由专业人员及时跟进对接。

自1月25日凌晨起，从国内多个省区到美国、澳洲的圆通网络正迅速启动：向武汉运送物资、筹集款物……

在安徽滁州，30吨消毒用双氧水装车后，由圆通安徽公司免费运往湖北孝感，由当地政府向医院进行分配；在广东广州，包括一次性洁净服、口罩等在内的上千件疫情防控及救治急用物资在圆通广州转运中心装车，免费运往发往湖北省孝感、黄冈、红安三个城市；在江苏苏州，13500个口罩已装车完毕，由圆通苏州公司免费承运发往武汉；在北京大兴，2500瓶消毒液装车完毕，由圆通北京公司发往武汉市第四医院；在河南郑州，数箱医用防护服装车完毕，由圆通天津公司承运后免费发往武汉市红十字会医院。

与此同时，圆通在海外网络也及时启动。圆通美国公司已筹集到部分物资和善款，准备运到圆通上海总部后，由总部统筹运送。圆通澳洲公司正在澳洲当地设法筹集物资和善款，并已公布圆通联系方式，救援物资将由圆通支援运输。

坚决打赢疫情防控攻坚战，快递人已全面动员起来。总部位于上海的圆通速递 1 月 25 日宣布，免费为武汉地区运送救援物资！在全国范围内开通免费向武汉地区运送救援物资的“绿色通道”服务，并优先向公益机构、医疗机构、企事业单位等有组织的救援团体开放。个人直接捐赠物资，建议先与当地的有关公益机构、公共单位等联系，由后者统筹捐赠事项并与公司联系免费运送事宜。相关机构和单位，可拨打圆通速递热线电话 95554，公司由专业人员及时跟进对接。

自 1 月 25 日凌晨起，从国内多个省区到美国、澳大利亚的圆通网络迅速启动：向武汉运送物资、筹集款物……

在安徽滁州，30 吨消毒用双氧水装车后，由圆通安徽公司免费运往湖北孝感，由当地政府向医院进行分配；在广东广州，包括一次性洁净服、口罩等在内的上千件疫情防控及救治急用物资在圆通广州转运中心装车，免费运往湖北省孝感、黄冈、红安三个城市；在江苏苏州，13500 只口罩已装车完毕，由圆通苏州公司免费承运发往武汉；在北京大兴，2500 瓶消毒液装车完毕，由圆通北京公司发往武汉市第四医院；

在河南郑州，数箱医用防护服装车完毕，由圆通天津公司承运后免费发往武汉市红十字会医院。

与此同时，圆通海外网络也及时启动。圆通美国公司已筹集到部分物资和善款，准备运到圆通上海总部后，由总部统筹运送。圆通公司正在澳大利亚当地设法筹集物资和善款，并已公布圆通联系方式，救援物资将由圆通支援运输。

来源：人民日报·上海频道，记者：谢卫群，2020-01-25

人民日报：圆通海外采购驰援疫情防控一线

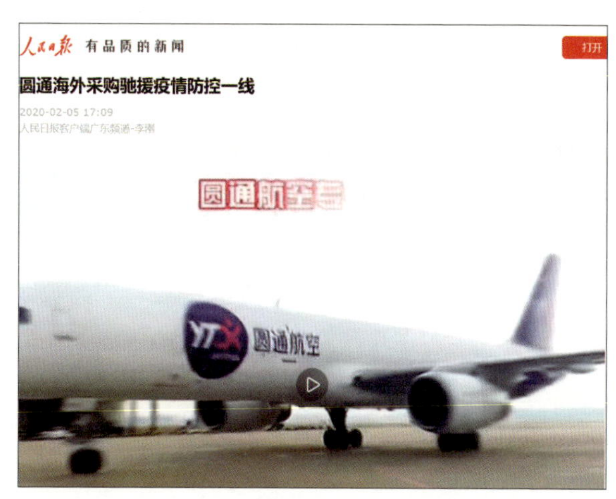

2月2日上午，圆通澳大利亚公司在当地自购的25000件隔离衣和15000只防护口罩，以及圆通德国公司筹集的40000只口罩在先后运抵上海浦东国际机场后完成装车，将通过圆通“绿色通道”驰援国内疫情防控一线。

这两批抗疫物资分别于2月1日19时40分、2日凌晨4点50分从墨尔本和阿姆斯特丹运抵上海浦东国际机场，并分别于昨天晚上和今天早上完成清关手续。

连日来，圆通全面开通抗疫救援物资“绿色通道”，旗下国内、海外、圆通航空各部门全面参与，持续运送、不断采购各类救援物资，全面参与疫情防控攻坚战。1月31日，圆通航空两架分别从越南胡志明市和韩国首尔飞来的全货机，累计将近17吨口罩等紧缺的抗疫救援物资运抵重庆。

圆通国际负责人介绍，目前，美国、日本、韩国等子公司也正加紧在当地采购抗击抗疫救援物资。

来源：人民日报·广东频道，记者：李刚，2020-02-05

新华网：输送战胜疫情的力量——圆通武汉转运中心实录

在这个特殊的春节，圆通武汉转运中心成为整个圆通网络最牵动人心的地方。自圆通对外发布开启支援疫情防控"绿色通道"以来，来自全国各地的支援物资，源源不断地由圆通各地分公司车辆运送至此，然后分运至武汉乃至湖北各地的医院等机构。转运中心和分公司的员工、司机们，随时待命、即刻迎战。

"不只是我们 8 个人的战斗！"

从大年初一（1 月 25 日）开始，圆通武汉转运中心的灯就几乎没有熄过。每天，一批批从全国各地将抗疫救援物资运到湖北省内的圆通车辆，在这里完成卸货、分拣、按收件地址识别配送；每天一早，从湖北省各个地方赶来的圆通网点车辆，赶来此地随时待命。

"这些医疗物资不同于一般的包裹，"武汉转运中心值班负责人陈文学说，"整个过程都得靠人工完成，需要对着清单一一核对、分开归整，并合理安排配送。各家医院所需不同，可千万马虎不得！”

戴上口罩，穿上工服，洗手消毒……操作一线的 7 名中心员工有序操作。3 天来，武汉中心已经完成了 4000 多件、共计 12 吨抗疫救援物资的配送安排，将它们送达湖北省内 12 个县市以及武汉市内的 15 家医院。

“但这远远不只是我们 8 个人的战斗！”陈文学说。

在圆通湖北省区，从武汉中心到省内几乎所有网点，在岗的每天跑来中心等着拉货，拉了就走，送完了又回来装；在线的就实时帮忙协调安排，统筹部署。

武汉地域广阔，区与区的直线距离远的有 60 公里，但网点间跨区、跨县市运货都是常有的事。忙的时候，连做饭师傅都来帮忙操作。

如何做到忙而不乱？除了在中心现场指挥安排，陈文学现在每天必进的一个微信群就是“湖北省邮政局局长办公群”。在这个群，湖北省几乎所有县市的邮政局局长都实时在线办公。无论是车辆进省，还是省内运输，一旦遇到情况，陈文学都会第一时间进这个群请求协调，基本很快都会得到解决。

“这个群确实是很给力！一旦路线畅通，我们的司机就心里笃定了！”陈文学说。从明天开始，抵达武汉中心的车辆还会越来越多。陈文学已呼吁在武汉附近过年的圆通人，如方便返岗就及时回来帮忙。

“许多人也主动要求提前回来。”陈文学说，“当然，一定以保障人员安全为先。”在武汉中心，场地消毒，工作人员更换口罩、洗手消毒，是每天必做的。

“我们在做的是真正光荣的事”

在圆通工作了五年多的老司机权循忠，这个春节并未回江苏徐州老家,腊月二十九那天仍在公司上班。他说:"我习惯了,就怕有啥紧急任务,需要我临时顶上!特别是赶上今年这个情况。"

果然,年三十,任务来了——需要他开车赶往安徽滁州金禾县,将当地企业捐赠的一批救援物资运往此次疫情重灾区之一的湖北孝感。

"这可是'政治任务'啊!没啥可犹豫的,必须接受并保证完成。"戴上公司统一配发的口罩后,权循忠开始了这个春节的"江城行":年初一下午2点,从上海总部空车前往安徽滁州金禾,晚上7点到达后开始装车。年初二凌晨1点满车再次启程,中午11点15分,将30吨消毒液送抵此行目的地——湖北孝感人民政府大院,然后由政府统一分配到当地医院。

"这个时候,根本顾不上睡觉,得空就在车上稍微眯一下就好。"权循忠说,当车开到湖北境内,经过测体温、验身份证等一系列严密的程序之后,一路途经麻城、武汉,直到孝感。"感到自己此行的'义不容辞'!"他说,到达湖北的那一刻,他真正觉得自己是在做一件光荣的事。

另一位圆通的老司机吴宝明,则从1100多公里之外的圆通广州转运中心出发,经过一夜的风雨兼程,终于将运载着138箱救援物资的圆通大挂车驶入了湖北境内。

今年春节,在圆通广州转运中心做了一年多干线司机的吴宝明没有回江西老家,被安排在中心值班。但是他事先也没想到,会接到这样一项特殊的任务。年初一晚上12点从广州发车,吴宝明来不及带上任何吃的。一路赶时间,还根本找不到地方吃东西(服务区都关闭了)。到了湖南衡阳,当地圆通的同事知道他要途经此地,特意把热饭菜送到高速路口,吴宝明就这样吃了他一天一夜里唯一的一顿饭。

年初二晚上6点半左右,在圆通武汉转运中心,直到138箱物资全部完成卸货,开了近20个小时车的吴宝明才顾得上在车里眯上一觉。之后,听从陈文学的建议,他立刻返程。

23 日晚，圆通速递董事长喻渭蛟向圆通武汉员工发出慰问信，在信中，喻渭蛟表示："我们坚信，在党和政府的坚强领导下，我们一定能战胜这场疫情；在全体圆通人的努力下，我们一定能圆满完成疫情防控、安全保障、快递服务等各项任务。"

来源：新华网，2020-01-29

新华网：应对疫情，吉林圆通开启"绿色通道"，确保救援物资快速送达

应对疫情 吉林圆通开启"绿色通道"确保救援物资快速送达

时间：2020-01-31 14:08:34 来源：新华网

新型冠状病毒感染的肺炎疫情发生后，湖北武汉等地的防控情况牵动着全国人民的心。1 月 30 日，吉林圆通快递为一批运往湖北省黄石市的抗疫物资开启"绿色通道"，通过首都航空从长春运往长沙，确保价值 500 万元的药品顺利抵达目的地，驰援湖北省抗击疫情阻击战。

这批物资是吉林百年汉克制药有限公司向黄石市红十字会捐赠的，共计 180 箱药品，重达 2465 公斤。为了尽快将救援物资运往目的地，吉林圆通快递开启"绿色通道"，组织人员联系车辆，进行相关运输工作。1 月 30 日，物资在吉林省松原市通过质检后，从当地运至长春龙嘉国际机场，当晚通过航空运至湖南省长沙市，然后转汽运送至黄冈市和黄石市。圆通快递派专人跟进，确保救援物资第一时间安全送达。

疫情面前，吉林邮政业始终奉行"人民邮政为人民"的服务宗旨，把人民群众的生命安全和身体健康放在第一位，全力保障疫情防控相关物资的寄递渠道畅通无阻，为打赢疫情防控阻击战作贡献。

来源：新华网，2020-01-31

新华网：抗“疫”一线的快递员

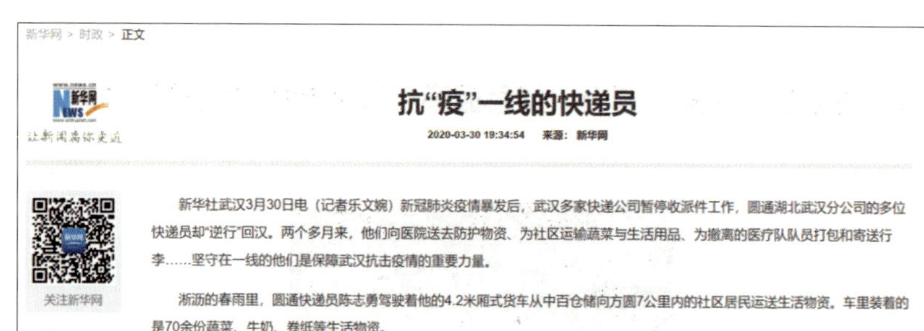

新华网 > 时政 > 正文

新华网 让新闻离你更近

抗“疫”一线的快递员

2020-03-30 19:34:54　来源：新华网

关注新华网

新华社武汉3月30日电（记者乐文婉）新冠肺炎疫情暴发后，武汉多家快递公司暂停收派件工作，圆通湖北武汉分公司的多位快递员却“逆行”回汉。两个多月来，他们向医院送去防护物资、为社区运输蔬菜与生活用品、为撤离的医疗队队员打包和寄送行李……坚守在一线的他们是保障武汉抗击疫情的重要力量。

淅沥的春雨里，圆通快递员陈志勇驾驶着他的4.2米厢式货车从中百仓储向方圆7公里内的社区居民运送生活物资。车里装着的是70余份蔬菜、牛奶、卷纸等生活物资。

新冠肺炎疫情暴发后，武汉多家快递公司暂停收派件工作，圆通湖北武汉分公司的多名快递员却“逆行”回汉。两个多月来，他们向医院送去防护物资、为社区运输蔬菜与生活用品、为撤离的医疗队队员打包和寄送行李……坚守在一线的他们是保障武汉抗击疫情的重要力量。

淅沥的春雨里，圆通快递员陈志勇驾驶着他的 4.2 米厢式货车从中百仓储向方圆 7 公里内的社区居民运送生活物资。车里装着的是 70 余份蔬菜、牛奶、卷纸等。

黑红相间的工作服外，陈志勇套上了一层白色防护服。有一次，从货车上卸载牛奶时，雨点骤然变大，他与社区工作人员冒雨加速将货物搬运至存货点。最后，货物完好无损，他的衣服却湿透了。“我没关系的，就怕包装淋雨破损，居民觉得货品不好。”

35 岁的陈志勇，原本在老家湖北新洲与家人庆祝新年。得知疫情暴发，急需快递员运输防疫物资后，正月初四，他驾车 110 余公里赶回武汉江夏区的厂房。“一路上我很激动，花了两天才办到通行证，可以为抗击疫情做点事情了。”

“刚封城时，每天看着死亡数字，我很恐惧，所以送货时，我与医护人员基本没有言语交流。”陈志勇说，“现在方舱医院休舱、新增确诊人数为零，我心情放松了一大截，在超市等货时，在保持安全距离的前提下，偶尔还会与大家闲聊两句。"

两个多月来，陈志勇几乎每天中午都在送货的路上，午餐不是泡面就是面包。"感觉每天都在和时间赛跑。"他说，前半段自己每天往返于仓库与武汉、黄石、潜江等地的医院。2月23日起，他每天去超市，为居民运输食品与日常生活用品。

"有两次，我送物资到新洲，离家只有十余分钟的车程。但害怕回家会给家人带来感染风险，我只坐在车里跟他们视频了一会儿。"陈志勇说，"很想念家人，但我觉得没白来武汉，能给孩子做个好榜样就行。"

同样逆行返汉的还有李兵栋。大年三十，李兵栋所在的武汉市黄浦圆通公司微信群内发布了一则运送救援医疗物资的紧急通知，他第一时间在群里报名。"我在汉川，帮我申请一个运输物资通行证，我可以马上出发！"

手机24小时待命，李兵栋随时关注着公司群内的物资消息。短短几天内，他就为武汉协和医院、武汉大学中南医院、江夏区第一人民医院等数十家医院送去防护物资。两个月来，他累计行驶里程超过1.2万公里。

一次在搬运货物时，李兵栋不小心闪了腰。2月13日晚8点多，李兵栋将一批物资运送到武汉金银潭医院后，一瘸一拐地搬卸着货物，这一幕被上海市第一批援鄂医疗队后勤组组长刘立骏看见。在仔细询问后，刘立骏送给他几张膏药，并告知如何敷贴。李兵栋满心感激地说："只要有物资要运送，就给我打电话！随叫随到！"

此后的45天里，只要接到上海医疗队的电话，李兵栋便会尽力帮忙。他一次次前往武昌火车站、汉口火车站帮忙转运口罩、防护服、鞋套等物资，成了为上海驻金银潭医院医疗队免费运送防疫物资最多的快递小哥，与上海医疗队队员结下了深厚的情谊。

3 月 28 日，刘立骏告诉李兵栋，自己所在的医疗队圆满完成任务，将于 4 月 1 日撤离武汉，并把一件 T 恤送给了李兵栋。衣服上签有二十余名上海医疗队队员的名字，还写着："上海第一批援鄂医疗队感谢志愿者所做的一切努力！你们才是真正的英雄！"

回忆过去的两个多月，李兵栋说："接触了不少医疗队与外地捐赠团队，四面八方的人们用自己的努力在支援我们，我感受到了祖国人民的团结一致、众志成城。作为湖北人，我每天都非常感动。"

陈志勇与李兵栋并不是孤例。武汉 28 家圆通分公司的 55 位快递小哥，一直坚守岗位，运输防疫物资，坚持每日为 130 多个社区配送蔬菜和生活必需品。湖北圆通网点协助运送物资，运往武汉市内各类医疗机构、慈善组织等共 191 家、湖北其他城市医疗机构等共 29 家，共计运输 319 车次。

"期待疫情早日结束，大家都恢复正常的生活。"李兵栋说，"两个多月没有见到家人了，希望能早日与他们团聚。"

来源：新华网，记者：乐文婉，2020-03-30

中央电视台：新闻特写——物流司机星夜驰援武汉

（扫码观看完整视频）

疫情期间，圆通货运司机吴宝明独自驱车，先后 3 次从广州运送防疫物资到武汉，将几百箱救援物资运抵湖北防疫一线，事迹被包括央视在内的多家主流媒体报道。

来源：中央电视台，记者：张馨月、张婷艺，2020-02-09

文汇报："疫情结束之后的第一件事，我想抱一下我妈妈！"这位湖北快递小哥这样战"疫"

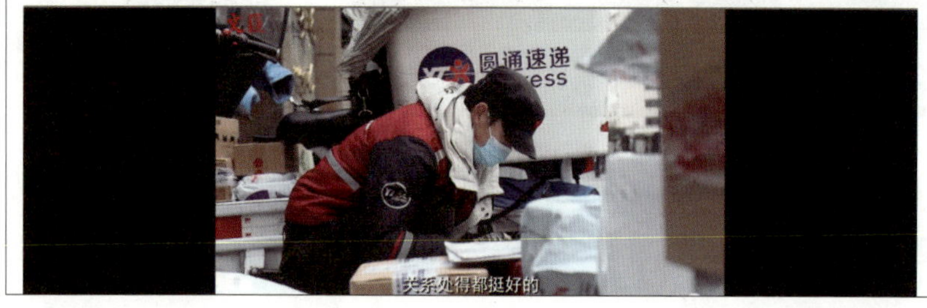
"疫情结束之后的第一件事，我想抱一下我妈妈！"这位湖北快递小哥这样战"疫"
2020-03-04 16:56:10 作者：文汇报社

每天早晨 6 点 30 分开始工作，平均 4000 至 4500 件快递派送量，30 位快递小哥每人每天大约需要派送 150 至 300 件不等。这是新冠肺炎疫情期间，上海圆通速递之俊大厦站点的派送数据。

据站点负责人张利香介绍，春节期间他们共有 5 位快递员值班，从 2 月 1 日起，站点已基本复工。站点为所有派件的快递小哥准备了口罩，同时还为需要进入医院派件的员工准备了护目镜。

"快递是一个非常艰苦的行业，许多刚刚入行的新人在工作不久后就会因为承受不住压力而辞职，能坚持下来的人都非常能吃苦。曾兆阳就是其中之一。"张利香说。

疫情期间，大家都宅在家不出门了，快递自然成了运送各种物资的重要渠道。众多居民区以及写字楼实行出入限制，快递员无法送货上门，曾兆阳只能通过电话、短信、微信等方式告知客户，将快递放在货架上，并在指定的出入口等待。

"刚开始确实挺难的，现在没有什么能难倒我的。"曾兆阳这样说。

认真负责、一丝不苟的工作态度让人起敬。

22 岁的曾兆阳是湖北襄阳人。2015 年他选择入伍参军，成为一名军人，之后的两年在西藏服役。服役期间，令他印象深刻的是一次火车故障，让他头一回感受到 -37℃的寒冷，刻骨铭心。最冷的时候气温降到过 -49℃，极寒气温会令双手冻得发紫，高原上的饮食都必须依赖高压锅，或者吃一些简单的压缩饼干。

也许是当兵期间不同于常人的种种经历，使他比一般人更能吃苦，抗压能力也更强。2018 年，他选择成为一名快递小哥。遇上"双 11"等网络大型购物节，他甚至能通宵工作。面对突如其来的疫情，他的工作热情没有减。

"疫情结束之后，你想做的第一件事是什么？"

曾兆阳说："如果可以的话，我想抱一下我妈妈。"

说完这句话，他哽咽了，眼角有泪水。他的父母远在湖北襄阳，襄阳封城了，他无法回到家乡。愿疫情尽快结束，让这个善良孝顺的孩子可以回到他的母亲身边。

这时候，曾兆阳脱下手套，对着镜头，敬了个礼。

来源：文汇报，文、视频：祁骏，2020-03-04

新闻晨报：上海援鄂医务人员离开武汉前，给这位快递小哥送了这样一份礼物

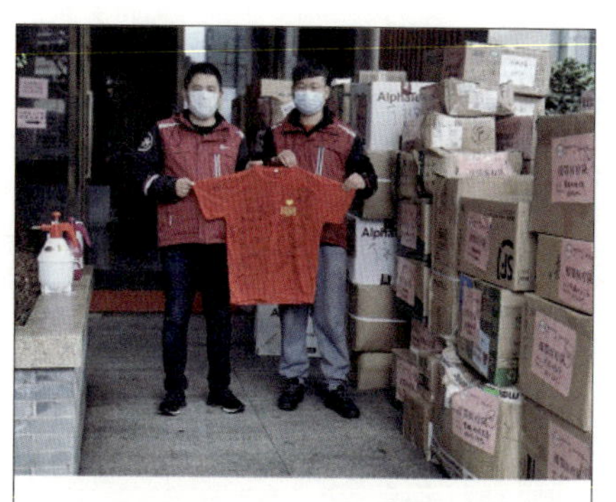

上海援鄂医务人员离开武汉前，给这位快递小哥送了这样一份礼物

作者：谢噌 | 编辑：谢噌

时间：2020-04-02 16:32:28

随着疫情防控形势的逐步转好，一批批完成援鄂抗疫任务的医疗队，开始陆续离开武汉这座“英雄”的城市。在这里，他们奋战了许多个日夜；在这里，他们挽救过很多同胞宝贵的生命。

经此一役，从此，他们与这座城市之间，除了感谢与祝福，更有一种“同声自相应，同心自相知”的惺惺相惜。

3月27日，在收到一张明信片之后，武汉圆通的快递小哥李兵栋哭了。

刘医生感谢和祝福的字迹铺满了整张明信片的背面——过了40岁、性格要强的李兵栋干快递这么多年来，遇上难缠的客户没哭过，甚至因为频频运送物资到医院，面对太多的生离死别，他也没哭过，可在收到他的朋友——即将从武汉返家的上海援鄂抗疫医生刘立骏送他的这份临别礼物时，他哭了。

我帮你运物资，你帮我治腰伤

李兵栋是从春节开始就一直坚守在武汉战“疫”一线的众多快递小

哥中的一员，之前他的"逆行"故事就受到过许多媒体和社会的关注。

两个月以来，在武汉市内和湖北其他地区，李兵栋累计行驶里程超过 1.2 万公里，为医院、居民小区等持续运送防疫物资及各类生活用品。"援鄂医护人员"自然成为他这段时间以来接触最多的群体之一。除了帮助运送防疫物资，替医生们筹集在武汉生活时需要的衣服、袜子、U 盘等更是常有的事。

2 月初的一天，李兵栋在搬运货物的时候，不小心闪了腰。他顾不上及时去看，依然忍着疼痛，像往常一样，将一批批防疫物资运送到武汉金银潭医院。

一瘸一拐地来回走动，有时候忍不住龇牙……李兵栋的这些小举动，都被刘立骏看在眼里。

刘立骏是专门负责武汉金银潭医院医疗物资接应的上海首批援鄂医疗队后勤组组长，大家都亲切地称呼他为"刘管家"。

"是不是哪里受伤了？"刘立骏主动上前询问。

"不小心扭到的，已经有好一阵了，不要紧。"李兵栋没放在心上。

在仔细询问过受伤经过和症状后，刘立骏立刻拿来了几副膏药，并详细地嘱咐李兵栋如何定时敷贴。

"随叫随到！免费送！"

"只要有物资要运，就给我打电话！随叫随到！免费送！"当时，李兵栋也给刘医生留下了一句话。

小哥说，当时他觉得自己心里暖极了。"我记得非常清楚，那天是 2 月 13 号，因为第二天是情人节，医院里还在发巧克力呢，也给了我一份，我还没好意思收。"李兵栋笑着回忆说，"得到医生的主动关照，我非常感激，而且能帮到他们，我觉得非常荣幸。他们是在为我们'拼命’啊！我做这点算什么？”

在接下来的 45 天里，李兵栋更忙了。

他不仅是为上海驻武汉金银潭医院援鄂医疗队免费运送防疫物资最多的小哥之一，也成为与医疗队员们最“熟”的小哥。

在武汉疫情最严重的时候，到火车站等地提取防疫物资，必须要医疗队专人与小哥一同前往提货。每次都是李兵栋先来把刘立骏接上，再和他一同去提货，一路上两个人经常拉拉家常。

撤离的日子越来越近。

“帮我拍几张照片吧，我想留作纪念。”有一天，把物资送到金银潭医院门口，前来接应的医疗队护士让李兵栋帮她拍照。

“来个正面的？”李兵栋细心地问。

“不了，还是来个背影吧！我在这里的每天都是这样的，最真实状态！”

这一天很快就会来了！

每天还在送物资的路上奔忙，每天都战斗在一线，李兵栋和刘医生都没有意识到“离别”之日来得如此之快。

在刘医生给李兵栋的那张明信片里，他亲切地称呼小哥为“李师傅”。刘医生写道：“两个月来，李师傅您一直风雨无阻，随叫随到。默默付出却不求任何回报。在此临别之际，只道一句：战友情，一辈子，好人一生平安！”

除了明信片之外，刘医生所在的医疗队还把一件签有二十多名上海医疗队队员名字的 T 恤送给了李兵栋。“都是值得我珍藏一生的宝贵礼物啊！”李兵栋说。

“你们走的时候，一定让我去送送你们！”——小哥在刘立骏发出的即将撤离武汉的“朋友圈”下面留言。

刘医生他们离开武汉的那天（3 月 31 日），李兵栋上午派完件赶到医院的时候，接送医疗队的大巴也刚从医院开出来。此时不知为什么，李兵栋并不想上前去拦住大巴，而只是独自站在路边，远远地注视着，向大巴挥了挥手，在心里默默地说了声："谢谢！"

就在前不久的一次聊天中，刘医生还邀请李兵栋，等疫情结束之后，一定去上海玩一趟。小哥一口答应："好嘞，小时候爸妈带我去玩过，几十年没去喽！"

相信，这一天很快就会来了。

来源：新闻晨报，记者：谢增，2020-04-02

看看新闻 Knews：快递企业海外采购近十万件物资驰援国内抗击疫情

看看新闻 精选 直播 看电视 新闻 发现

快递企业海外采购近十万件物资驰援国内抗击疫情

看看新闻Knews记者 师玉诚

2020-02-02 17:25:18

今天上午，圆通国际旗下澳洲子公司在当地自购的25000件隔离衣和15000件防护口罩，以及德国子公司筹集的40000只口罩在先后运抵上海浦东国际机场后完成装车，将通过圆通"绿色通道"驰援国内疫情防控一线。

这两批抗疫物资分别于2月1日19时40分、2日凌晨4点50分从墨尔本和阿姆斯特丹飞抵上海浦东国际机场，并分别于昨天晚上和今天早上完成清关手续。

今天上午，圆通国际旗下澳大利亚子公司在当地自购的 25000 件隔离衣和 15000 只防护口罩，以及德国子公司筹集的 40000 只口罩在先后运抵上海浦东国际机场后完成装车，将通过圆通“绿色通道”驰援国内疫情防控一线。

这两批抗疫物资分别于 2 月 1 日 19 时 40 分、2 日凌晨 4 点 50 分从墨尔本和阿姆斯特丹飞抵上海浦东国际机场，并分别于昨天晚上和今天早上完成清关手续。

连日来，圆通全面开通抗疫救援物资“绿色通道”，旗下国内、海外、圆通航空全面参与，持续运送、不断采购各类救援物资，全面参与疫情防控攻坚战。两天前（1月31日），圆通航空两架分别从越南胡志明市和韩国首尔飞来的全货机，累计将近17吨口罩等紧缺的防疫救援物资运抵重庆。

圆通国际负责人介绍，目前，旗下包括美国、日本、韩国等子公司也正加紧在当地采购抗击抗疫救援物资。

来源：看看新闻 Knews，记者：师玉诚，2020-02-02

东方卫视：一手抓精准防疫，一手抓复工复产

——上海快递外卖等可凭随申码绿码进小区

（扫码观看完整视频）

来源：东方卫视，记者：师玉诚，2020-03-25

新民晚报：直击复工第一天 | 圆通快递店：与用户提前约定收货地点，尽量减少接触

直击复工第一天 | 圆通快递店：与用户提前约定收货地点 尽量减少接触

新民晚报
发布时间：02-10 11:41 新民晚报官方帐号

随着申城全面复工，不少快递企业也开始恢复订单配送。

一早，闵行区航新路 587 号的圆通快递站点内，数名身着酒红色外套的快递小哥已经早早到岗，开始新一天的忙碌。

“目前我们返岗率差不多已有 85%，但有 15% 左右的人员还处于居家隔离期，或者是来自疫情较重区域的员工，我们都暂时没有通知返岗。”圆通快递闵行区负责人梁卫慧告诉记者。

与往常的工作不同，站点管理人员郑巧玲今天有了一项新的任务，就是为每位到岗的同事进行测温。“一天两次，上下午都需要测温，并且都会记录在册。”

同样需要记录在册的还有站点内的消毒工作，表格需要具体到时间和个人。

梁卫慧告诉记者，今天一早，有关部门就到公司通知他签订《企业复工承诺书》并且成立疫情防范工作小组，要求公司做好疫情防范工作并且接受监督，对每个员工的健康情况详细统计记录。

“我们站点在员工返工之前就已经进行了多次全覆盖式的消毒，此外我们每天会向员工发放两个口罩，并要求他们尽量减少与客户的接触。”梁卫慧说。

“由于近期特殊原因，不少小区都进行了封闭式管理，快递无法上

门配送，且大部分快递柜都在小区内部，无法进入存放，我们会通知收货人到门口去取，或放在设置在小区门口的货架上。”有快递员告诉记者，特殊时期大部分小区都进不了，会提前与客户约定收货地点，尽量减少配送接触。

来源：新民晚报，记者：杨硕，2020-02-10

浙江日报：空中驰援

疫情发生以来，社会各界纷纷伸出援手，助力抗疫一线。为保障防疫物资运送，截至目前，总部位于杭州的圆通航空已安排5趟航班，将40吨医用口罩等防疫物资从各地空运至杭州、温州、义乌等，同时还免费为浙江的爱心企业及单位运送近50吨防疫物资发往武汉等地。

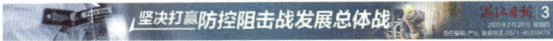

坚决打赢防控阻击战发展总体战

浙江日报 3

我省规上工业企业复工率逾七成

复工又复产 防护不能少

舟山379家规上企业和84家重点外贸企业复工

服务返岗员工 管紧生产安全

宁波专家集结“智”援企业

空中驰援

磐安“颗粒化”管理织密防控网

上虞2500万元企业扶持金一天兑现

嘉兴敏惠公司做细防控举措保障有序复工

测量体温，小程序当帮手

有序复工企业亮招

富阳三大专项行动助企复工复产

来源：浙江日报，2020-02-19

浙江新闻：圆通助力浙江抗击疫情，空运到浙的医疗物资超过40吨

浙江新闻 ZHEJIANG NEWS

头条 | 战疫 | 本地 | 起航号 | 视听 | 读报 | 视频 | 浙江 | 天下

首页 > 战疫 > 圆通助力浙江抗击疫情 空运到浙的医疗物资超过40吨

圆通助力浙江抗击疫情 空运到浙的医疗物资超过40吨

2020-02-19 14:31 | 浙江新闻客户端 | 通讯员 王娟

——“温州民航全体干部职工向机组人员致以最崇高的敬意，感谢你们心系万家冷暖，满载真诚爱抵达温州！浙江加油，中国必胜！”

——“你们也辛苦了！我们为了同一个目标，保障万家安全，圆通航空责无旁贷！”

这是2月16日晚，温州龙湾机场空管人员与圆通航空机组人员的一段“隔空”对话。

当晚19时45分，一架搭载着包括120万只医用口罩在内的防疫物资的圆通航空B737全货机划破夜空，稳稳降落于龙湾机场。

温州，浙江抗击新冠肺炎疫情的“主战场”之一。受温州市慈善总会委托，这批由圆通航空紧急调派全货机、从越南胡志明市和柬埔寨金边两地辗转运来的防疫物资，迅速被运往抗疫一线。

这是疫情防控期间第一架降落温州的运载防疫物资的全货机。地面人员展开的条幅上写着：“感谢圆通航空雪中送炭，与温州人民共患难、同命运、齐战斗。”

作为物流领域的浙商代表，北京浙江企业商会、上海杭州商会会长单位，截至 2 月 18 日，圆通速递已向浙江各医疗单位、慈善组织等捐赠口罩、防护服等 50 多万件，总部位于杭州的圆通航空从各地空运到浙的医疗物资超过 40 吨，免费为浙江的爱心企业及机构往武汉等地运送救援物资近 50 吨……一批批圆通网络的快递小哥，正日夜忙碌在浙江抗击疫情的后勤补给线上。

“快递空军”驰援浙江抗疫

圆通速递旗下的圆通航空成立于 2015 年 6 月，是中国民营快递行业第二家货航企业，总部位于萧山空港，截至目前已有 B737、B757 全货机等共 12 架，成为助力浙江航空物流、服务跨境电商发展的重要生力军。

圆通航空此次让人刮目相看的，是为抗击疫情的一次次紧急驰援。截至 2 月 18 日，圆通航空已安排 5 趟航班，将 40 吨医用口罩等防疫物资从各地空运至杭州、温州、义乌等城市，全面助力当地疫情防控工作。

与日常货运相比，完成“战时”任务有时需要克服种种困难。2 月 12 日晚，当来自温州市慈善总会的关于紧急运输防疫物资的委托函件发到圆通航空总裁李鸿翔的手中时，问题也摆在他面前：柬埔寨金边及温州两地的机场并不是圆通航空通航机场，公司没有驻站人员，在两个机场的运行和保障方面也是“零经验”。

在中国民航局运输司、浙江及温州民航监管局以及温州龙湾机场公司等多方支持协调下，公司快速完成运力调配、两地航班航权时刻报批、机型运行资质获取、境内外协调通关等一系列工作，同时认真研究新机场和航路运行特点，制定周密的方案预案，保证了 16 日晚空运任务的顺利完成。

“现在我们运输的都是救命物资，更要打起十二万分的精神，确保万无一失。”圆通航空的机长刘光忠说。截至目前，圆通航空已向温州、杭州、义乌以及重庆、武汉等地空运各类防疫物资 13 架次、117.7 吨。

全球采购输送抗疫一线

“口罩短缺！”“防护服告急！”“隔离衣不够！”……疫情猝然汹涌而来，加之又暴发于春节期间，应急医疗物资的供应出现明显缺口。即使像浙江这样的制造大省，供不应求局面依然突出。

2 月 4—5 日，圆通速递向杭州市红十字会捐赠两批次 N95 医用口罩、隔离衣等共计 11.1 万件防疫物资。在捐赠现场，杭州市副市长王宏对圆通的大局意识和责任担当表示充分的肯定和感谢，并向圆通颁发“人道博爱奉献奖”的荣誉牌。王宏在现场叮嘱杭州市红十字会负责人：“要快、要快，尽全力把防疫物资送到一线。”

召唤来自哪里，爱心物资就输送到哪里。截至目前，圆通已向杭州及下辖的桐庐、余杭、萧山、临安，以及金华、嘉兴、舟山、宁波、温州等浙江多个市县的政府单位、医疗机构及慈善组织捐赠口罩、防护服、隔离衣等各类防疫物资超过 50 万件。这些物资，有的是圆通在国内采购的，有的则是通过圆通国际在美国、韩国、德国、澳大利亚等地的分公司由境外采购、运回国内的。

“绿色通道”传递“浙江爱心”

在疫情防控阻击战中，快递物流的运输通道发挥出不可替代的作用。

圆通在 1 月 25 日就发布公告，向武汉地区免费运送抗疫救援物资。在浙江，圆通这条"绿色通道"保持畅通无阻，源源不断地将浙江企业和居民的慷慨奉献输送至湖北武汉等抗击疫情一线。

1 月 28 日，圆通杭州转运中心的车辆将九阳集团捐赠的 800 台小家电，免费运往武汉市红十字会；1 月 30 日，将 433 箱包括口罩、洗手液等在内的累计 9.6 吨爱心物资从杭州星夜兼程运往湖北孝感市；2 月 1 日，将 55 台空气净化器从杭州运至武汉；2 月 4 日，从浙江建德马不停蹄地将 200 桶消毒液运往武汉……

谢义军是圆通浙江省区一名驾驶员。自 1 月 26 日至 2 月 7 日，他先后四次从浙江赶赴湖北，将防疫物资分别送至武汉、孝感和襄阳等地的医疗机构、慈善组织。每次来回疾驰两千公里，途中几乎没有休息，为的就是将物资第一时间送达。"这些都是'救命'的物资，能早送到一分钟都是好的。危难之时，浙江的快递人要同出一分力。"谢义军说。

圆通速递董事长喻渭蛟表示："国家有要求，圆通有担当。企业走到哪里，都不会忘记从哪里出发。身为浙商，为浙江防控疫情、打赢这场艰巨的阻击战而贡献力量，圆通义不容辞！"

来源：浙江新闻，2020-02-19

第一财经："无接触配送"，快递企业开启有序复工

物流行业是生产生活的重要保障，作为行业的样本之一，圆通速递如何进行复工？既要保障疫情前线物流，又要照顾后方生产生活恢复正常，一起来听听圆通速递总裁潘水苗是怎么说的。

（扫码观看完整视频）

来源：第一财经，2020-02-18

中国邮政快递报：一名武汉快递小哥的“朋友圈”，把小编看哭了……

一名武汉快递小哥的朋友圈，把小编看哭了……

原创 李平 中国邮政快递报 昨天

邮政快递报 China Post and Express News 在这里，读懂行业！ Kuai

“爽气西来，云雾扫开天地撼；大江东去，波涛洗净古今愁。记录武汉 63 天，屹立千年黄鹤楼！”3 月 25 日，武汉圆通快递小哥李兵栋奔波在为福建医疗队收寄行李的路上，路过武汉长江大桥时，望着远处的黄鹤楼，他忍不住引用楼前石柱上的一副楹联，发了一条“朋友圈”。

1 月 23 日，武汉封城，全国各地的医疗队员“逆行”驰援。两个月后，疫情防控形势积极向好，医疗队员陆续凯旋。

这些天来，李兵栋在微信“朋友圈”，坚持用照片和文字记录着医护人员为这座城市所付出的努力，以及一名普通快递小哥为保障医护人员的安全和小区居民的生活所做的点点滴滴。小编从中梳理了几个关键词，不知不觉间看哭了……

关键词一：行动

“谁有水桶资源，供给援汉医疗队用来泡衣服消毒。有的告知我一下。”这是 2 月 15 日，李兵栋在“朋友圈”发布的一条“寻物启事”。在这场战“疫”中，快递小哥们就像一群“哆啦 A 梦”，为医护人员和小区居民送去日常所需。

李兵栋驾驶一辆面包车，穿梭在武汉街头，也常常驻足等待，将物资送到人们手中。面包车内，满满当当。医院楼下、小区门外，一箱箱、一袋袋防护用品、蔬菜生鲜，或堆成小山，或整齐排列。工作间隙里的他，会随手拍照并在“朋友圈”打卡，为自己和战友们打气——

2 月 13 日：“凌晨奔跑在路上的兄弟，为了物资也是拼了。加油！”2 月 15 日：“硬核圆通，不畏大风大雨，连夜第一时间把物资送往第一线，就这么一群默默奉献的人，众志成城，共度严寒。加油！”2 月 22 日：“武汉，每时每刻都充满感动与团结。”2 月 22 日：“保障民生物资运送，圆通在行动。”2 月 23 日：“抗击疫情，我们在行动！”2 月 25 日：“保障民生，抗击疫情，我们都是认真的。”2 月 26 日：“武汉加油不是一句空话，我和我的小伙伴们在行动。”3 月 5 日：“第 57 个‘学雷锋纪念日’，在全市人民众志成城抗击疫情之时，今年这个纪念日尤为特别。大疫无情，江城有爱！”3 月 11 日：“共同战疫，胜利在即。记录封城 49 天，又被装进了后备厢。”……在李兵栋拍的许多工作照中，不仅有圆通小哥，还有顺丰等其他快递公司的兄弟们，在李兵栋眼里，这些都是他的小伙伴。此时的邮政快递人，已经拧成一股绳。

关键词二：感谢

“李师傅，早上好。我们预计 31 号就要回去了，感恩您这么久的帮助和付出。”这是 3 月 25 日一大早，上海援鄂医疗队的刘立骏医生给李兵栋发来的一条微信。“收寄行李时，这些医生护士也是一个劲跟我说感谢，其实他们才是最辛苦的，说感谢的应该是我们。”最近，李兵栋和小伙伴们忙着为医护人员免费收寄行李。

向李兵栋说感谢的，不仅有医护人员，还有向武汉捐赠物资的热心网友。仅东北的一个热心网友团队，就捐赠了袜子两千双、对讲机 30 部、医用手套上万双……一开始，武汉天冷，他们为医护人员捐赠秋裤数百套，后来天气转热，他们又定制短袖衣服一千多件。这些物资，都交由李兵栋送到医护人员手中。3 月 25 日，李兵栋收到了他们寄来的一面锦旗——“抗灾抗疫战一线，赤胆忠心真英雄”。他拿着锦旗站在网点门口，与陪伴他的面包车合了张影。这些天来，李兵栋一直在奔波。奔波的路上，他说得最多的就是“感谢”“感恩”“感动”“致敬”“辛苦了”——

1 月 29 日：“今天几经辗转，终于与公司大部队会合了，也顺利运送一批物资到医院，回到家中洗澡消毒做预防，现在也躺床上了，感谢一路关心我的亲人朋友同事们！顺便发个感慨，关于‘使命和责任’这句话，多少人为它在升华。战斗在一线的医护人员、守护在各路口的公安干警和工作人员、各地过来支援的团队、各地运送物资的人们、捐钱捐物的社会各界人士。太多的感动！武汉加油！中国加油！”2 月 4 日：“今天又是忙碌的一天，一不小心把腰给闪了，感谢给我贴膏药的小姐姐，也感谢帮我卸货的小姐姐，顺便跟大家报个平安，我已安全回到站点，希望快点好起来，继续战斗！加油武汉，加油 China！”2 月 13 日：“你们肯舍命援助，我们能做的就是第一时间把物资送到你们手中，以此纪念生命中的点滴感动！武汉加油！中国加油！”2 月 17 日：“致英雄——这世上可能确实没有超级英雄，不过是有一分热，发一分光，萤火汇聚成星河，终会闪耀。加油！”2月19日：“感恩战‘疫’的一线人员，也感恩背后的无数支援团队。”3月9日：“记录武汉封城47天，早上出发去装物资路上，碰到交警检查点，一如既往地做好证件检查，量完体温，交警同志问清具体情况，给我来了个敬礼，然后说：辛苦了，注意安全！搞得手足无措的，大家不都是在为战‘疫’默默奉献着，你们也辛苦啦！疫情不退，我们都不会退！加油！”3月10日：“记录48天，在封舱后的全民体育中心，偶遇天津市人民医院的国家医疗队，你们辛苦了。”3月13日：“记录51天，路遇人民子弟兵，致敬！”……这群相互说着感谢的人，都是最勇敢的战士。

关键词三：自豪

“中国人，自带自豪感！”3月14日，李兵栋在“朋友圈”写下这句话。

原来，近日一条视频刷爆“朋友圈”：一名新冠肺炎患者的ICU医疗费用有多高？答案是至少71万元，都是国家买单。视频还引用了世卫组织总干事高级顾问艾尔沃德的一句话：“如果我感染了，我希望我在中国。”作为一名中国人的自豪感，源自祖国的强大。3月8日，李兵栋转发《人民日报》的一篇文章《为何最近很多外国人都在抢购卫生纸？》，文中说，人们担心疫情打乱中国这一全球供应商的生产计划。李兵栋写道：“Made in China的震撼！厉害了我的国！”作为一个中国湖北武汉人，李兵栋更是倍感自豪。1月23日封城那晚，他一夜无眠，祈祷“天佑武汉”。3月10日，一句“党和人民感谢武汉人民”，又让他感动落泪。在他的“朋友圈”，武汉人民是可敬可爱的。2月21日深夜，李兵栋还奔波在路上。他将车停在路边，拍下了一名工作人员站在空旷的大街上进行消毒的身影。他写道：“武汉人就是如此，平日市井，关键时刻都化为一盏灯，默默点亮这座需要光明的城市。”

武汉人爱吃鱼，李兵栋爱吃也爱做，但并不是常常有时间。2月27日，他下班回家，给家人做了一道武昌鱼，配文：“中国味的晚餐。”还是这道鱼，3月13日晚，他在“朋友圈”霸气“炫耀”：“地道湖北家常菜，不接受任何反驳！”

关键词四：阳光

“你的心若有光，世界都是美好的；你的心若敞开，世界都在你心里。”1月28日，在最阴暗的日子里，李兵栋写下这样一句话。这名普通的快递小哥，常常用诗一般的语言，表达着对美好的向往。他也曾说：“生活就是一种积累，储存的温暖越多，就会越阳光明媚。”看完他的“朋友圈”，不得不感慨：真是一个阳光的大男孩，处处播撒着温暖。战“疫”的日子里，时间紧任务重，一盒泡面常常就是他的一顿“美餐”。他把吃过的泡面拍照拼成“九宫格”，调侃道：“在吃货的这条不归路上，人类，从来不孤单！泡面来一波。”

天还没亮就已出发的他，会用手机拍下朝霞，向家乡问好：“生活总是艰辛，日子依然漫长，你和我，都是时代洪流里非常微小的存在。但是，再渺小的个体也要活得敞亮、自在，散发着光芒！早安，武汉。”工作间隙，他会拍下一枝樱花在阳光下盛开的美景，写道：“愿岁月静好，疫情过后，一路春暖花开，愿所有的美好都如约而至，所有的幸运都不期而遇。”结束一天工作的他，还会站在镜子前，露出红色上衣背后的几个大字——“武汉加油，中国加油”，调侃道：“哥只能给你们一个背影了。”

早樱过后，是更盛大的春之绽放。李兵栋在“朋友圈”写下这样一段话：“我们的城市正在一点一点好转，我们所有人的努力正在逐步显出成效。等到摘下口罩的那一天，我们终会再度相遇在美丽的武汉街头，给做热干面的大姐，一个比阳光还要温暖的微笑。”

来源：中国邮政快递报，记者：李平，2020-03-25

快递杂志：只要疫情还在，我们快递人永远都是"保障部队"！

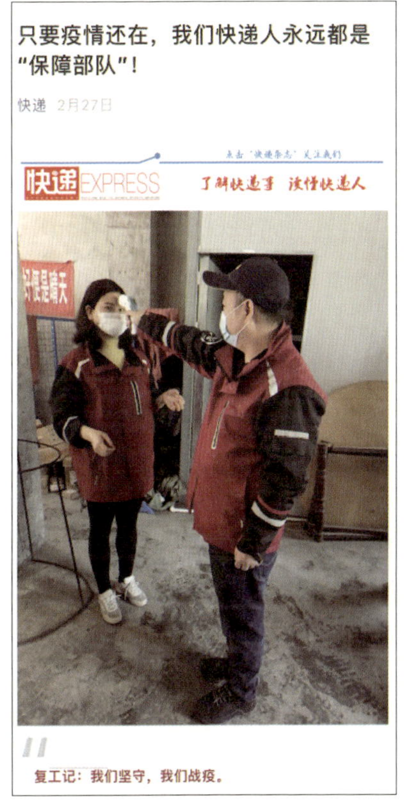

只要疫情还在，我们快递人永远都是"保障部队"！

快递 2月27日

快递 EXPRESS 了解快递事 读懂快递人

复工记：我们坚守，我们战疫。

将近下午1点钟，周伟端着饭碗，在站点门前的院坝找了个没人的角落，独自享用着当天的午餐。距离他十米开外的另一个角落，他的同事王波也端着碗从站点出来了。两人一边吃着午饭，一边有一搭没一搭地聊着当天上午派件的情况。其他同事也陆续回来了，他们停好车，先洗手，再消毒，测量体温后再走进站点，各自拿碗盛饭，分散用餐……

从2月10日正式复工那天算起，这种不同以往的用餐方式，已经成为圆通速递四川泸州古蔺公司在疫情防控期间的"常态"。

两把测温枪

"春节期间从电视上看到疫情那么严重，我整个人都懵了。活了半辈子，第一次听说这么严重的传染病，感觉危险就在身边，考虑到春节后复工员工们的安全问题，我感受到了前所未有的压力。"圆通速递四川泸州古蔺公司负责人王静回忆说，正月初一开始，古蔺县城里各大药房的口罩、酒精都被一扫而空。

正月初六，王静收到了上级公司要求复工的通知。但他深知，复工的前提是员工的安全必须有保障。在古蔺已经买不到口罩、酒精和消毒液了，王静便把目光投向了外地。此时，防疫物资在各地都成了紧俏货。所幸，在市公司和兄弟县区公司的帮助下，复工所需的防疫物资总算勉强有了着落。

“得来最不易的，恐怕要算那两把测温枪了。”王静告诉笔者，他四处求购无果，便在“朋友圈”求助。公司员工周敏看到后，得知这是公司第二天开工必需的，便连夜赶回 30 多公里外的乡镇老家，把家中为小孩备用的测温枪取来。与此同时，王静另一位家在泸州市区的朋友看到后，也连夜驱车 150 多公里，把家中备用的测温枪送到王静手上。“简直是雪中送炭啊！”王静感慨说。这两把测温枪拿到手的那一刻，他心里真的是踏实了，“有一种说不清从哪里来的信心”。

要知道，30 公里或者 150 公里在正常情况下可能并不算太远，但在复工那几天，正是疫情防控吃紧的时候，要通过重重防疫站点的检查才能通行，难度之大，可以想象。

笔者从泸州市邮政管理局获悉，自新冠肺炎疫情发生以来，泸州局第一时间在企业中进行摸底，掌握企业复工运行中的困难，并协调市、县疫情防控指挥部等相关部门及时给予解决，在疫情暴发后物资最紧缺的时间节点为全市邮政行业争取到口罩 1 万多只，消毒泡腾片 30 余瓶。截至目前，已及时为企业办理通行证 597 张，为全市快递企业复工提供了重要的支撑保障。

一封特别“家书”

“复工所需的防疫物资准备妥当了，员工们能按时返岗吗？”春节期间，王静就在站点的员工群里征求大家返岗复工的意愿，有的说疫情这么严重不敢出门，也有的说家里人担心，不愿他们冒这风险。其实，何止是员工，王静自己心里都没个底。

2 月 3 日，王静收到了一份来自泸州市邮政管理局的文件，内容是关于全力防控疫情、科学有序做好节后恢复生产工作的通知。王静逐字逐句把文件看了几遍，虽然写得很清楚，但究竟如何操作，他还是有点摸不着头脑。愁眉不展之际，泸州市局通过网络组织了一场全市邮政快递企业培训会，对复工复产的安全保障措施、防疫物资要求、制定复工生产预案、承诺书等内容进行了详细的讲解和布置。“把文件上的话，一条条给我们解读，教我们该怎么做，培训之后，自己心里多少也有点底气了。”王静说。

2 月 5 日，王静收到了市局转发的国家邮政局《致全国邮政行业广大从业者的慰问信》。这封信让王静备受鼓舞，他也从中受到启发，连夜用手机打字，给古蔺圆通的员工们写了一封将近 1500 字的“家书”。他在信中写道：“在这个大家都不出门，在家自我隔离就能为社会作贡献的时刻，谁来保障我们的同胞维持生活必需品的供应，谁给他们送上口罩、医药用品、柴米油盐等？这是我们快递员的使命，我们就是防控疫情的后勤保障部队！”

“这封信真的起到了作用。”王静告诉笔者，员工们看到这封信后，放下了思想包袱，都表示愿意加入复工的行列，除一人因为乡镇管控原因未能返岗外，其余二十多人都按时回来了。

复工这段时间，同事们的付出也让王静感动——快递员王梅和周伟，出来上班后为了与家人隔离，单独租住了条件简陋的住房；快递员姚旺，考虑到近期的包裹多半都是客户急需的，为了提升派送效率，便拉上妹夫一起出来派件；辞职一年多的快递员霍雨涵，得知这段时期公司快件派送压力大后，毅然带着女朋友重返岗位；在古蔺的永乐、复陶、黄华、石宝、丹桂、鱼化等乡镇，因为交通管制，无法通过以往的货运公司中转带货，乡镇网点负责人就主动亏本派车到县里拉货……

“困难的确是很多，但是好在我们还有管局的后方支援。”采访中，王静向笔者透露了复工过程中的一个小插曲：2 月 14 日，古蔺圆通向管局报告了部分乡镇车辆不能通行的问题，15 日中午，管局的同志就亲自把通行证送到了他手上。

“后来我才知道，管局的同志为了避免我们离市区较远的区县公司来回跑耽误时间，连夜把车辆通行证印制好后，亲自给叙永、古蔺两县存在车辆通行障碍的企业送了过来，给我们带来了口罩，还在消毒防护等措施上给予我们指导。听说他们午餐都没地方解决，走了两个县城才找到开水泡了泡面……”

来源：快递杂志，记者：郭荣健，2020-02-27

驿站：疫情逼出来的"快递空军"

疫情逼出来的快递空军

2020-02-13 · 云帆商业评论

分享到 0 跟贴

原创 驿站老鬼 驿站

时间拉回十七年前。2003年3月，SARS病毒开始全面扩散，疫情从广东、北京迅速向全国蔓延。随着防控隔离措施的持续升级，为了对抗疫情，很多企业不得不关停，一时间市场萧条、人人自危。

那个时候，整个公司被全员隔离的阿里巴巴刚刚有时间酝酿淘宝；刘强东也不得不关掉中关村的门店，带着员工转战BBS论坛。

那个时候，中通成立还不到一年，圆通也才三岁，汇通则刚刚成立，申通、韵达、宅急送虽已聚网成形，但因为业务萎缩，也不得不休网停工。

但也正是在这个时候，顺丰掌门人王卫做了一个惊天决定——与扬子江航空签下包机5架的协议，开始了自己的"飞天"之路，也开启了中国民营快递的全货机时代。

当年王卫为什么做这个决定？因为疫情肆虐，很多人都在家或者单位隔离办公，对寄送以文件、合同、票据等为主的商务急件的需求不降

反增。但地上交通因为防疫隔离被阻断，逼得顺丰不得不将目光投向天空。加之“非典”期间航空公司生意萧条，运价大跌，客观上也提供了有利条件。

这是顺丰十七年前的故事。老鬼今天要跟大家聊的，则是正在今天发生着的一个类似境遇里的故事。

受命于危难

1 月 31 日晚 6 时 57 分，重庆江北国际机场。

前后间隔不到半小时，两架分别从越南胡志明市和韩国首尔飞来的全货机，先后顺利降落。机上满载的 150 万只医用防护口罩、2000 件防护服以及 1220 副护目镜和部分医疗器械，将捐赠给重庆慈善总会，并由国药集团重庆医疗器械有限公司负责收储，并第一时间运送至抗疫前线。

把这批物资带回国内的两架全货机，隶属于圆通航空，国内第二家民营快递自建的航空公司。

在此之前的 1 月 24 日和 1 月 29 日，顺丰航空、中国邮政航空也在第一时间启用和调拨专机，驰援此次疫情的“风暴眼”武汉，为防疫物资提供专项寄递服务。

受命于危难之际，奉命于危难之时。疫情就是命令。中国快递的“空中军团”就在这样一个关键时刻集结齐飞。这样的场面，在中国快递的历史上，尚属首次。

截至目前，圆通航空已累计投入10架次专机，将90.3吨救援物资从各地运抵抗疫一线；顺丰航空累计执行航班58个，运输防疫物资1183吨；中国邮政航空共完成12架次防疫物资寄递专机任务，累计运送物资总量140.45吨。

需要指出的是，这仅仅是一个开始。随着防疫措施的升级，接下来肯定还会有更多物资通过专机，运送到抗疫的最前线。

“三大战队中，最值得关注的是圆通航空。与二十多岁的邮航和十几岁的顺航比起来，2015年9月实现首飞的圆通航空最年轻，因此，在这场全民作战的抗疫斗争中，其面对的挑战、考验和压力也最大。”

老鬼的朋友安德华直言，对年轻的圆通航空来讲，此时面临的压力肯定比平常大，但更多的则是动力和机遇。

动力来源于信任。据了解，从1月31日以来，圆通航空分别受重庆市政府、浙江省侨办、义乌市政府等多次委托，从国外运送防疫物资至国内。这些物资来自越南胡志明市、韩国首尔、菲律宾马尼拉、日本福冈、韩国仁川等多个城市，可以说是一次全球性的联动和协同。2月9日则受杭州市政府委托，将15.8吨的救援物资从杭州萧山国际机场运抵武汉天河国际机场。

机遇则源于实战。简单说就是，在“战时”状态下，以前需要花费很多时间才能争取到的机会，现在就要视需求随时顶上。奋战在抗疫一线的圆通航空总裁李鸿翔对此体会最深，据其介绍，对每一次救援物资的空运，中国民航局、各民航地区管理局和各省监管局等都第一时间给予大力支持、协调。

“现在，我们通常不到三天就做好了临时国际包机的准备，放在平时至少要几周，而国内抗疫航班，民航局一路绿灯，最快 4 个小时就能完成航班批复程序。”

这份信任，这种机会，这种高效的组织支持和实战化练兵，都是弥足珍贵的。而机会永远都留给有准备的人。目前，圆通航空仍在积极配备运力和人员，以更高效地支持国内抗疫救援相关物资的运输。

踩中历史节拍

能够“受命于危难”者，背后都有对稀缺资源的卡位。在快递或者说运输这个传统的行业，“空中运力”就是这样一种稀缺资源。有了这个前提，你才有资格去做他人想做而不能做的事。

圆通航空就踩在了这样一个历史性节拍上。

这次疫情暴发后，圆通共开通两条“绿色通道”：一条对接国内，一条对接海外。国内“绿色通道”主要由圆通速递承揽，以陆运为主；海外“绿色通道”则依托圆通国际和圆通航空，以专机的形式直达国内。

圆通航空承运防疫物资的一个最大特点，或者说不同，就是物资绝大部分来自海外。圆通速递、圆通国际和圆通航空，就这样紧密协同在一起，以最高效、最经济的方式打通了各项业务流程之间的壁垒，形成合力。

以 2 月 5 日执飞的 B757 全货机航班为例——

飞机于当日 6 时 10 分左右在菲律宾起飞，3 个小时后抵达杭州萧山机场。机上货物清关后，即运至圆通杭州转运中心进行分拣操作，随后由圆通配送车辆直接运往国内疫情防控一线。

据圆通介绍，这一批次的救援物资由菲律宾中国商会、菲华各界联合会、菲律宾浙江总商会等侨团和社会组织筹措，包括 200 余万只口罩及数万件防护服等，总重超过 17 吨，总货值近 1000 万元人民币。驰援地区除了疫情最为严重的湖北外，还包括浙江、广东、福建、四川等地。

2 月 9 日执飞的任务，也体现出这种"战时航班"的极限挑战——从 11 点接到委托任务，5 小时后航班起飞，晚 8 时许顺利抵达武汉天河国际机场。机上搭载的 15.8 吨抗疫救援物资当天就被送至疫情防控一线。

踩在历史节拍上的圆通航空，就这样在突如其来的疫情考验中，将"空中运力"的价值发挥得淋漓尽致。这一幕，像极了顺丰十七年前包机飞快递、淬炼"快"字诀的情景。

对此，央视新闻频道进行了特别播报；新华社 2 月 9 日也重点报道了圆通速递通过海外网络采购物资、通过自有航空包机运输、通过国内陆运网络紧急投送的驰援疫情模式，相关文章一天内点击量超过 74 万。

撑起中国快递的天空

从目前来看，中国邮政航空、顺丰航空和圆通航空初步构建了当下中国快递"三足鼎立"的空中格局。公开资料显示——

中国邮政航空背靠"国家队"的强有力支持，扎营南京，目前机队规模达到 33 架，以 B757、B737 机型为主，其中 B757 全货机 11 架，B737 全货机 22 架。

组网模式上，以南京为中心，轮辐式集散，在北京、上海、杭州、广州、深圳等重点城市开通点对点直达航线的运行模式，连接国内外 33 个节点城市，形成了覆盖华北、华东、东北、华中、华南、西南和西北 7 个地区以及首尔、大阪的航线网络，在国内 300 余个城市间打造了 EMS 邮件限时递以及次日递、次晨达等业务品牌。

顺丰航空总部位于深圳，另设杭州、北京两大航空基地协同运行。目前机队规模 58 架，机型涵盖了 B747、767、757、737，是国内运营全货机数量最多的货运航空公司。

圆通航空总部位于杭州，目前机队规模为 12 架，其中 7 架 B737-300，5 架 B757-200。2015 年 9 月 26 日首条定期航线开通以来，累计开通了 32 条定期往返航线，其中国内航线 17 条，国际航线 15 条。从 2018 年下半年开始，圆通航空董事长苏秀锋就公开宣称：“要把圆通航空的网络布局重点转移到国际市场上，以配合圆通速递国际化战略。”

随后圆通航空迅速开通了日韩、东南亚、中亚及南亚的多条国际航线，并加入国际航协（IATA），成为正式会员，目前的航线已经遍布亚洲各国。

对于后续航空运力投入，圆通更是与波音一口气签订了 20 架 B737-800BCF 改装订单协议。机队扩充的潜力和后劲，可见一斑。

中国“快递天团”另一个让人期待的大动作是，位于湖北鄂州的“顺丰机场”和选址浙江嘉兴的“圆通机场”都已经开工在建。

建成后，鄂州机场将是全球第四、亚洲第一的航空物流枢纽；立足于嘉兴机场这个长三角核心区的专业物流机场，圆通航空也将覆盖国内和国际的主要城市群，在直接服务“进博会”的同时，对“一带一路”建设和长三角一体化发展都将起到重要助推作用。

全民抗疫的斗争仍在进行，这是一场与时间赛跑的攻坚战，我们坚信一定可以赢得胜利。快递本身也是与时间赛跑的行业，分秒必争，使命必达。因此，我们有理由相信——经过这次淬炼，顺丰航空会更加稳健，邮航依旧不可或缺，而圆通航空则最有可能“疫”战成名。

来源：驿站，2020-02-12

中国证券报：圆通航空连续完成中国民航局组织的抗击疫情重大航空运输任务

当前位置：首页 > 公司 > 公司新闻

圆通航空连续完成中国民航局组织的抗击疫情重大航空运输任务

作者：董添

2020-02-23 17:37 来源：中国证券报·中证网 分享到：

中证网讯（记者 董添）2月22日，圆通速递官微宣布，中国民航局发布的《“抗击疫情，驰援武汉”重大航空运输信息》（第1期）数据显示，圆通速递旗下圆通航空已完成8架次民航局重大航空运输机制实施的防疫物资运送任务，在邮政快递民营货航中处于领先地位。

2 月 22 日，圆通速递官微宣布，中国民航局发布的《“抗击疫情，驰援武汉”重大航空运输信息》（第 1 期）数据显示，圆通速递旗下圆通航空已完成 8 架次民航局重大航空运输机制实施的防疫物资运送任务，在邮政快递民营货航中处于领先地位。

据圆通速递介绍，在抗击新冠肺炎疫情过程中，航空货运凸显出不可替代的快速、安全、高效等优势。例如，2 月 9 日晚 8 时许，圆通航空旗下 B757 全货机搭载 15 吨救援物资从杭州飞抵武汉，火线支援武汉疫情防控一线。2 月 19 日 20 时，一架载着 496 箱、近 7 吨防疫物资的圆通航空全货机从南宁飞抵武汉。40 分钟后，另一架搭载着 178 箱，近 2 吨防疫物资的圆通航空全货机又从兰州飞抵武汉。

除执行民航局重大航空运输机制安排的驰援武汉包机任务外，受多地政府、慈善组织等委托，圆通航空还出动 15 架次全货机执飞国际航线，顺利从东京、福冈、首尔、胡志明市、马尼拉、金边、伊斯兰堡等国外多地将累计 134 吨的抗疫物资运送回国，支援疫情防控。

据了解，在国务院疫情联防联控机制的统一部署下，1 月 24 日至 2 月 20 日，民航局通过重大航空运输机制，共组织协调 28 家国内航空公司执行各省市医疗队驰援湖北、接回滞留海外湖北籍旅客和运送各类医疗防疫物资等航空运输任务 316 架次。在抗击疫情过程中，执行民航局重大航空运输任务的除了各大国有、民营民航企业，还包括邮政快递领域的货航企业。其中圆通航空已执行 8 架次重大运输任务，为民营货航企业中最多。

资料显示，圆通航空成立于 2015 年 6 月，是中国民营快递业第二家货航企业，目前有 B737、B757 等全货机 12 架。

来源：中国证券报，记者：董添，2020-02-23

证券时报：圆通速递已免费向湖北省疫情防控一线运送各类防控救援物资 360 余吨

针对疫情防控，圆通速递董事局秘书张龙武 2 月 11 日做客 e 公司微访谈时表示，旗下国内、国际、航空三张网络全面助力疫情防控阻击战。公司主要做了以下两个举措：一、免费承运防控救援物资。截至目前，公司全网已免费向湖北省疫情防控一线运送口罩、防护服、护目镜、消毒液等各类防控救援物资 360 余吨。二、捐赠防控救援物资。公司从德国、澳大利亚、韩国等地采购多批紧缺救援物资近 200 万件捐赠给国内多地医疗机构、红十字会等。

来源：证券时报，2020-02-11

中国证券报：圆通速递五项举措扶网络、抗疫情、保服务

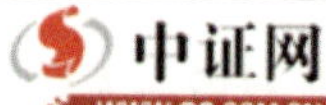

当前位置：首页 > 公司 > 公司新闻

圆通速递五项举措扶网络抗疫情保服务

作者：宋维东

2020-02-10 11:52 来源：中国证券报·中证网

分享到：

中证网讯（记者 宋维东）中国证券报记者2月10日从圆通速递（600233）获悉，公司推出防疫物资支持、免息资金扶持、员工保险赠送、考核办法调整、应急协助管理等五项举措，进一步减轻全网加盟商经营压力，确保人员和生产安全，保障正常运营和服务质量。

公司推出防疫物资支持、免息资金扶持、员工保险赠送、考核办法调整、应急协助管理等五项举措，进一步减轻全网加盟商经营压力，确保人员和生产安全，保障正常运营和服务质量。

具体来看，在疫情防控期间，正常开展揽派服务的加盟商，如后期缺乏防疫物资、省区无法组织采购的，圆通速递将由总部协助进行统购和下发。总部设立总额为 3 亿元的抗击疫情扶持基金，针对全网有困难的加盟商，总部将根据实际情况给予 10 万元—30 万元额度、三个月免息借款扶持。

总部统一购买“新冠肺炎险”，并免费赠送给包括全网业务员、操作工在内的每一名员工。同时，1 月 22 日至 2 月 29 日，总部对全网所有派送、仲裁延误、客户投诉、升级投诉等服务质量的考核内容灵活调整、酌情处理。对全网加盟商因人员感染被隔离造成的处罚款（遗失除外），总部予以酌情处理；如加盟商法人也被隔离，则由省区指定管委会进行委托管理，待法人隔离期结束到岗后，管理权交由原法人，为全网及加

盟商复工、开展生产经营送去定心丸。

据了解，疫情发生后，圆通速递快速响应，日前向杭州市红十字会捐赠两批次共计 11.1 万件口罩等疫情防控救援物资，其中包括公司从国外采购的首批 6000 件隔离服、5000 只 N95 口罩以及从国内采购的 10 万只医用口罩。此外，又向上海市疾控中心捐赠了 20 万只一次性医用口罩，加上之前向部分医疗机构捐赠的 N95 医用口罩、一次性医用口罩、隔离服等各类医用救援物资 9.8 万件，圆通速递向上海市各级政府、医疗机构捐赠的医用口罩、隔离服等救援物资近 30 万件。

公司旗下国内、国际、航空网络“三箭齐发”。截至目前，圆通国内陆运网络已往湖北疫情防控一线运送口罩、防护服、护目镜、消毒液等各类救援物资数百吨；国际网络从德国、澳大利亚、韩国等地采购多批紧缺救援物资捐赠给国内多地医疗机构、红十字会等；航空网络分别从越南胡志明市、韩国首尔、日本福冈、韩国仁川等地往国内紧急运送海外采购的物资。

值得一提的是，圆通航空旗下 B757 全货机近日搭载着菲律宾华侨华企筹集的抗疫救援物资从马尼拉飞抵杭州，物资包括 200 余万只口罩及数万件防护服等，总重超过 17 吨，总货值近 1000 万元人民币。货物到达并清关后，即运至圆通速递杭州转运中心进行分拣操作，随后由圆通速递配送车辆直接运往国内疫情防控一线。

2 月 9 日晚 8 时许，圆通航空旗下 B757 全货机又搭载 15 吨抗疫救援物资从杭州飞抵武汉，这些物资将迅速支援武汉疫情防控一线。此前，圆通航空还为义乌及周边地区运送了包括 220 万只口罩在内的近 16 吨救援物资。

来源：中国证券报，记者：宋维东，2020-02-10

民航资源网：11 次驰援！重庆向这家航空公司发来感谢信

“在疫情如此严峻复杂的形势下，贵公司充分发挥航空运输优势，争分夺秒、全力以赴抢运防疫物资，保障了防疫物资第一时间送达防疫前线，极大支持了我市的抗击疫情工作。谨向贵公司致以崇高的敬意和衷心的感谢。”2 月 26 日，圆通航空收到一封来自重庆市人民政府口岸和物流办公室的感谢信，感谢圆通航空在疫情防控中为重庆市政府和重庆人民提供的支持和帮助。

1 月 31 日晚 6 时 57 分，受重庆市政府委托，圆通航空旗下一架 B737 全货机从越南胡志明市国际机场将 150 万只医用防护口罩和部分医疗器械等运抵重庆江北国际机场。这是圆通航空支持重庆疫情防控工作的首趟驰援，也是圆通航空全面开通防疫物资运输航班的开始。此后，圆通航空又连续为重庆地区执行 11 个航班，将 94.4 吨防疫物资空运至当地。

来源：民航资源网，2020-02-27

后记

这本小书，记录的是新冠肺炎疫情袭来时，海内外圆通人众志成城、抗击疫情的一段“燃情岁月”。

这场疫情，是我们国家在全面建成小康社会征程中遇到的一场突如其来的重大考验，也是摆在中国快递人面前的一道严峻考题。面对这场“大战”和“大考”，“快递小哥”们不惧艰险、勇毅逆行，用实际行动诠释了“美好生活的创造者、守护者”的行业形象和责任担当。

大年初一的驰援公告、不知疲倦的千里奔袭、星夜起降的货运航班、马不停蹄的辗转配送、废寝忘食的拍摄采写……从总部到网点，从国内到国际，从陆运到空运，从前方到后方，圆通人义无反顾的身影和面孔，历历在目，感动人心。

作为记录者，我们向奋战在这场疫情防控阻击战中的所有圆通人及中国快递人致敬，并为身在其中而倍感自豪。但鉴于时间和能力水平所限，此书疏漏之处难免，还请各位批评指正。

艰难困苦，玉汝于成。人民有信仰、国家有力量、民族有希望。2020 年，圆通速递即将迎来成立二十周年的生日。这场战“疫”，可以说是圆通在开启第三个十年发展之际所经历的一场深刻洗礼。这一场洗礼为公司注入的新的发展动力和价值内涵，将伴随她在“二次创业”的道路中不忘初心、砥砺前行。

本书编写组

2020 年 4 月

图书在版编目(CIP)数据

"快递小哥"的逆行/《"快递小哥"的逆行》编写组编著. —上海:上海人民出版社,2020
ISBN 978-7-208-16397-3

Ⅰ. ①快… Ⅱ. ①快… Ⅲ. ①纪实文学-中国-当代
Ⅳ. ①I25

中国版本图书馆CIP数据核字(2020)第077969号

责任编辑 曹 杨 吕 晨
封面设计 汪 昊

"快递小哥"的逆行
本书编写组 编著

出　　版 上海人民出版社
(200001 上海福建中路193号)
发　　行 上海人民出版社发行中心
印　　刷 上海中华印刷有限公司
开　　本 635×965 1/16
印　　张 14.25
插　　页 1
字　　数 70,000
版　　次 2020年5月第1版
印　　次 2020年5月第1次印刷
ISBN 978-7-208-16397-3/K·2947
定　　价 98.00元